소중한 _____ 에게

_____ 가(이) 선물합니다.

_____

15 소년
표류기

쥘 베른 지음

1828년 2월 프랑스 서부 작은 섬에서 태어난 쥘 베른은 어린 시절부터 모험과
바다를 좋아했습니다. 하지만 부모님의 반대로 탐험가로서의 꿈을 이룰 수 없게
되자, 문학을 통해 가슴속의 열정을 뿜어 냈습니다. 그 결과 「해저 2만 리」
「땅 밑 여행」 「15 소년 표류기」 「신비의 섬」 등을 출간했고, '공상 과학 모험 소설의
아버지'라는 칭호를 얻었습니다. 1905년 3월 77세의 나이로 세상을 떠났습니다.

권영상 엮음

강원일보 신춘문예와 한국문예에 동화가 당선되어 어린이들과 만나게 되었습니다.
소천아동문학상 · 세종아동문학상 · 새싹문학상 · MBC동화대상 등을 받았습니다.
그동안 지은 책으로는 동화집 「개미 꼬비」, 동시집 「밥풀」 등 20여 권이 있습니다.

2025년 3월 15일 2판 14쇄 **펴냄**
2011년 8월 25일 2판 1쇄 **펴냄**
2004년 7월 1일 1판 1쇄 **펴냄**

펴낸곳 (주)효리원
펴낸이 윤종근
지은이 쥘 베른
엮은이 권영상 · **그린이** 안성환
등록 1990년 12월 20일 · **번호** 2-1108
우편 번호 03147
주소 서울시 종로구 삼일대로 457, 406호
전화 02)3675-5222 · **팩스** 02)765-5222

ⓒ 2005. (주)효리원

ISBN 978-89-281-0117-7 64860

이메일 hyoreewon@hyoreewon.com
홈페이지 www.hyoreewon.com

15 소년
표류기

쥘 베른 지음
권영상 엮음 / 안성환 그림

효리원
hyoreewon.com

내가 어렸을 적엔 책이 매우 귀했습니다. 넉넉한 집 아이들이나 동화책을 읽는 정도였지요. 나 같은 아이들은 학교가 끝나면 농사일을 거들든지, 들판에 나가 소를 먹이든지, 가까운 바다나 호수에 나가 수영을 하고 노는 것이 전부였습니다. 그런 내가 『15 소년 표류기』를 읽은 것은 스무 살이 넘어서였습니다.

그해 겨울, 나는 우연히 도시에 사는 친척집에서 세계 명작 전집을 만났습니다. 『알프스 소녀 하이디』, 『해저 이만 리』, 『15 소년 표류기』 등이었지요. 나는 '표류'라는 묘한 말에 끌려 『15 소년 표류기』를 제일 먼저 뽑아 들었습니다.

눈이 내리던 그날, 나는 한 권을 다 읽었답니다. 그리고 그날 밤, 사람의 손길이 닿지 않은 먼 대양 속의 섬 하나를 마음에 품었습니다. 마치 이 글에 나오는, 아무에게도 알려지지 않은 체어먼섬 같은……

그렇게 나이를 먹다가 나는 아이들을 가르치는 선생님이 되었고, 작가가 되었고, 이 글을 엮는 일에 참여하게 되었습니다.

나는 그 옛날의 겨울을 떠올리며 우선 쥘 베른이 쓴 글을 읽었습니다. 다 읽고 나서 이 글을 엮으며 내가 느낀 것은, 스무 살에 읽었을 때와 다를 게 없다는 겁니다. 굳이 다른 게 있다면 사람의 몸 안엔 제 나이보다 큰 힘이 있다는 사실을 이제는 깨달았다는 것이지요. 지은이 쥘 베른도 "자기 나이보다 감당하기 어려운 책임을 떠맡게 된 소년들의 용기를 그리고 싶었다."고 말했습니다. 그러한 힘은 어려운 일과 맞섰을 때 나타납니다. 이 작품 속의 소년들 역시 위험한 난관을 지혜와 용기로 극복해 냈습니다.

사람은 누구나 예기치 못한 어려움을 만날 때가 많습니다.

그때마다 이 『15 소년 표류기』가 여러분의 삶에 진정한 용기와 도전의 힘이 되기를 바랍니다.

엮은이 곽선영

표류하는 슬루기 호

"고든, 위험해! 또 파도가 몰려와!"

브리앙이 다급하게 소리쳤다.

"키를 꼭 잡아, 브리앙!"

고든의 목소리가 부르르 떨렸다.

그와 동시에 어둠 속에서 달려온 거친 파도가 사정없이 뱃전을 후려쳤다. 소년들은 배를 살리기 위해 안간힘을 쓰며 키를 움켜잡았다.

"도니판, 우리가 키를 놓치면 다른 아이들이 위험해!"

"그래, 브리앙! 너도 힘을 내!"

브리앙은 갑판 위에 나뒹굴다 일어선 모코를 힐끔 쳐다보았다.

"모코, 다치지 않았니?"

"난 괜찮아. 어쨌든 배의 균형을 잡아야 돼. 그렇지 않으면 모두 침몰하고 말 거야!"

견습 선원인 모코는 배에 대해 아는 게 많았다.

그 순간, 선실로 내려가는 계단의 덮개 문이 열렸다.

"브리앙! 우리가 도와주지 않아도 되겠니?"

"됐어, 백스터! 넌 크로스, 웹, 서비스, 윌콕스와 함께 어린 동생들을 잘 돌봐 줘. 여긴 우리 넷이면 충분해!"

그 말에 백스터가 덮개 문을 도로 쾅 닫았다.

폭풍은 점점 더 사나워졌다. 한순간이라도 키를 놓치면 배는 풍랑과 함께 침몰하고 말 것 같았다.

브리앙은 맹수처럼 달려드는 검은 파도를 노려보았다. 파도는 숨 쉴 틈도 없이 매몰차게 덤벼들었다. 이번에는 산더미 같은 파도가 슬루기 호의 뒤쪽을 때렸다.

'우지끈!'

끝내 하나 남은 중간 돛대가 부러져 나갔다. 남은 거라곤 허리가 부러진 앞 돛대와 거기에 붙어 있는 너덜너덜한 돛 조각뿐이었다.

불빛 하나 없어 칠흑같이 무서운 바다. 슬루기 호는 방향을 잃은 채 폭풍에 시달렸다.

"돛이 떨어져 나간다!"

새벽 한 시쯤 되었을 때, 도니판이 큰 소리로 외쳤다. 천둥소리
와 함께 덤벼든 돌풍이 끝내 돛을 찢어 버렸다.

"고든, 넌 도니판과 함께 키를 잡고 있어! 그리고 모코는 날 도
와줘!"

참다 못한 브리앙이 모코를 데리고 배 앞쪽으로 용감하게 뛰어

갔다. 배가 옆으로 기울지 않게 하려면 찢어진 돛을 잘 처리해야
했다. 바람이 들이쳐서 돛이 불룩해지면 배는 침몰하고 말 게 분
명했다.

배 앞쪽으로 뛰어간 브리앙이 모코를 보고 소리쳤다.

"모코, 돛을 잡아 줘!"

브리앙은 허리춤에서 칼을 뽑아 모코가 잡고 있던 돛 조각들을
단숨에 베어 냈다.

한쪽으로 기울던 배가 다시 균형을 잡았다. 그러는 사이에도 슬
루기 호는 바람에 밀려 어디론가 계속 나아갔다.

"형, 선실에 물이 차오르고 있어!"

돛을 잘라 내고 돌아서기가 무섭게, 이번엔 브리앙의 동생 자크
가 소리쳤다.

"선실에 물이 차오른다고?"

선실에 물이 차면 배는 침몰하고 만다. 브리앙은 덮개 문을 열고
급히 선실로 내려갔다. 배가 어찌나 심하게 흔들리는지, 천장에
매달린 등불이 마구 춤을 추고 있었다.

선실엔 의자와 침대에 누운 열 명 남짓한 아이들이 서로 몸을 맞
댄 채 두려움에 떨고 있었다.

"무서워하지 마! 형들이 있잖니?"

브리앙은 아이들을 안심시키고, 등불을 들어 바닥을 비추어 보았다. 배 앞쪽에서 뒤쪽으로 물이 조금 흐르는 게 보였다. 여기저기 조심스레 훑어보던 브리앙의 눈길이 선실의 덮개 문에 가 멈추었다.

　　"자크! 저길 봐."

　　"왜? 덮개 문에 이상이 있는 거야?"

　　"이상이 아니라, 갑판으로 올라온 파도가 그쪽으로 새고 있는 것 같아."

　　"그렇다면 다행이네. 나는 배에 구멍이 난 줄 알았어."

　　"배는 튼튼하니까 걱정할 거 없어. 자, 이제 안심하고 한숨 더 자렴."

　　밤이 깊어 갈수록 폭풍은 더욱 거칠어졌다.

　　문득 한 차례 거센 바람이 몰려왔다. 그때 뱃전에서 돛이 찢어지는 소리가 들렸다. 앞쪽 돛 조각이 비명 소리를 내며 어둠 속으로 사라졌다.

　　이번엔 배 뒤쪽에서 산더미 같은 파도가 덤벼들었다. 배가 날아오를 듯이 공중으로 솟구쳐 올랐다.

　　"브리앙! 살려 줘!"

　　모코가 비명을 지르며 획, 공중으로 날아올랐다.

"모코! 살아야 해! 모코!"

그러나 모코의 목소리는 다시 들리지 않았다.

치솟은 배는 벼랑에서 떨어지듯 바다 위로 거칠게 내려앉더니, 또다시 달려드는 파도에 깃털처럼 날아올랐다.

"모코, 모코! 어디 있니? 대답해!"

브리앙은 어둠 속을 향해 모코를 불렀다.

"여기……, 여기야."

희미한 목소리가 바람을 타고 앞쪽에서 들려왔다.

브리앙은 급히 앞쪽으로 달려갔다. 뱃전과 뱃머리가 만나는 모서리에 모코의 몸이 끼여 있었다. 버둥거릴수록 밧줄이 당겨져 목을 졸랐다. 파도가 다시 덮쳐 오면 목이 졸려 죽을지도 모를 형편이었다.

"모코, 조금만 참아! 조금만!"

브리앙은 칼을 꺼내 밧줄을 끊었다. 그러고는 축 늘어진 모코를 안고 돌아왔다.

"고, 고마워, 브, 브리앙! 고, 고마워."

모코는 간신히 고맙다는 말만 되풀이했다.

"저기 좀 봐. 이제 새벽이 오려나 봐."

구름 사이로 희미하게 동이 터 오는 하늘을 보며 도니판이 반가운 듯 소리쳤다.

1860년 3월 10일, 새벽 네 시쯤이었다. 수평선 동쪽 하늘이 조금씩 밝아 왔다.

하지만 기대와 달리, 이번엔 안개가 시야를 가로막았다. 400미터 앞을 내다보기도 어려웠다. 더구나 구름은 더 빠른 속도로 움직였고, 다시 폭풍이 불기 시작했다.

"아침이 와도 희망이 없긴 마찬가지야!"

도니판은 잡았던 키를 놓았다.

바로 그때였다. 검은 구름 사이로 햇빛이 잠깐 비치는가 싶었다.

"육지다, 육지!"

앞쪽을 바라보던 모코가 소리쳤다.

"육지?"

"어디, 어디에?"

세 명의 소년이 모코가 손짓하는 쪽을 바라보았다. 그러나 모코가 가리키는 곳엔 능선처럼 생긴 구름만 떠 있었다.

"금방 육지가 보였는데……. 틀림없이 육지였다고!"

"구름을 육지로 본 걸 거야."

"아냐! 정말 이 눈으로 똑똑히 봤어."

모코는 눈을 떼지 않고 앞쪽만 바라보고 있었다.

"저기, 뱃머리 왼쪽이었어. 분명해."

"헛것을 본 거야. 육지고 뭐고 다 틀렸어."

도니판이 힘없이 갑판에 털썩 주저앉았다.

"저기! 저기를 봐! 육지다!"

모코가 시뻘건 얼굴로 다시 소리쳤다.

"그래, 육지다! 육지가 맞아! 육지야!"

브리앙이 소리치자, 주저앉았던 도니판이 벌떡 일어났다.

"맞구나! 모코의 말대로 육지구나!"

"이제 우리는 살았어!"

도니판과 고든이 얼싸안고 외쳤다.

"꿈만 같아!"

브리앙도 모코도 서로 얼싸안고 껑충껑충 뛰었다. 정말로 저 멀리 구름 사이로 육지가 언뜻언뜻 보였다.

"아, 육지가 분명해!"

"표류한 지 얼마 만이야! 이젠 살았어!"

얼싸안았던 소년들은 다시 눈을 크게 뜨고 육지를 바라보았다. 모두의 눈에 눈물이 그렁그렁했다.

배는 동쪽을 향해 지치지 않고 달렸다.

동쪽 수평선 위로 모습을 드러낸 육지는 점점 뚜렷해졌다. 이대로 달린다면 곧 육지에 닿을 것 같았다.

소년들의 바람대로 거친 바람에 밀려가던 배는 한 시간도 채 안 돼 육지 가까이에 다다랐다.

브리앙은 키를 맡기고 뱃머리로 나갔다. 배를 댈 만한 데가 어디에도 없었다. 약간의 모랫벌이 있기는 했지만 육지 주변은 온통 바위투성이였다. 암초에 걸린다면 옴짝달싹 못 할 것 같았다.

"잘못하면 바다 귀신이 되고 말겠어."

도니판이 가늘게 한숨을 쉬었다.

"걱정하지 마. 배는 튼튼해. 무엇보다 해안이 가까우니까 좀 기다리면서 육지에 닿을 방법을 찾아보자."

브리앙은 선실에서 올라온 어린 동생들을 위로했다.

"브리앙, 왜 기다려야 해? 바로 배를 대면 안 돼?"

도니판이 대뜸 따졌다.

"그래, 도니판 말이 맞아. 왜 기다려야 해?"

열두 살쯤 된 윌콕스가 맞장구를 쳤다.

"파도가 너무 세서 암초에 걸릴 수도 있어."

"브리앙, 그래도 무작정 기다리자는 건 너무 무책임해. 우린 너무 지쳤단 말이야."

가만히 있던 웹마저 가세했다.

"조금 지나면 썰물 때가 지나고, 바람도 잔잔해질 거야. 그때 방법을 찾아도 늦지 않아."

브리앙의 말이 맞았다. 바람은 점차 수그러들고 있었고, 머지 않아 썰물 때가 지나갈 게 틀림없었다. 그때도 좋은 방법이 없다면 400미터쯤은 헤엄을 쳐서 갈 수도 있었다. 그런데도 도니판과 윌콕스, 웹이 브리앙의 말에 맞섰다.

"서두르면 위험해. 침착하게 기다리면서 육지에 오를 방법을 생각해 보자."

나이 많고 침착한 고든이 브리앙의 말을 거들었다.

그러자 도니판이 자기를 따르는 아이들에게 눈짓을 하더니 배 뒤쪽 모퉁이로 향했다. 윌콕스와 웹, 크로스가 냉큼 도니판을 따라갔다.

"이런 상황에서 의견이 둘로 갈라지다니!"

브리앙이 걱정스러운 얼굴로 고든을 바라보았다.

"힘을 합쳐야 하는데……. 그래야 어떤 위험도 이겨 낼 수 있는데, 걱정이야."

고든이 조심스럽게 말했다.

"뭐라고? 우리 때문에 걱정이라고? 너희가 뭔데 너희 뜻대로만 하려는 거야?"

배 뒤쪽에서 나오던 도니판이 고든의 말을 듣고 발끈해서는 고
든의 턱밑까지 다가와 소리쳤다.
　"그게 아니야. 뭉쳐야 한다고 했을 뿐이야."
　고든의 말에 브리앙이 덧붙였다.
　"도니판, 나도 너희 생각을 존중하고 싶어. 그러나 지금은 고든
의 말처럼 우리 모두 뭉쳐야 해. 그래야 살 수 있다고. 이 배에는
우리만이 아니라 모두 열다섯 명이나 타고 있어. 그러니까 신중하
게 행동하자."
　그 말에는 누구도 덤벼들지 않았다. 브리앙의 말이 틀리지 않았
기 때문이다.
　"그런데 저 육지는 대륙일까, 섬일까?"
　흥분한 마음을 가라앉히기 위해 브리앙은 일부러 말을 돌렸다.

뉴질랜드 해안 여행

"이번 여행이 끝나면 내 꿈이 바뀔지도 몰라, 탐험가로."

"나는 바다를 두려워하지 않는 사나이가 되어 돌아올 거야."

"나는 친구를 아끼고 이해하는 사람이 될 거야."

"나는 여행하며 얻은 지혜로 훌륭한 정치가가 될 테야."

체어먼 초등학교에 다니는 열네 명의 소년들은 여행하기 한 달 전부터 들떠 있었다.

뉴질랜드의 수도 오클랜드에는 아주 훌륭한 기숙 학교가 있다. 학생들은 영국을 비롯해 프랑스, 독일, 미국 등 다양한 국적을 가진 아이들로 자존심이 강하기로 유명한 학교다. 전교생이 백여 명밖에 안 되는 이 학교가 바로 체어먼 초등학교다.

기다리고 기다리던 여름 방학이 시작되자, 열네 명의 소년은 말할 수 없이 흥분했다. 왜냐하면 슬루기 호를 타고 뉴질랜드 해안을 한 바퀴 돌아보는 선박 여행을 하기로 계획이 되어 있었기 때문이다.

드디어 출발 하루 전인 2월 14일 밤, 저녁 노을이 바다를 온통 붉게 물들이고 있었다.

소년들은 오클랜드의 커미셜 부두에 정박해 있는 배에 올랐다.

"브리앙, 안녕!"

"크로스, 웹도 안녕!"

"도니판, 안녕!"

"안녕! 자크, 너도 안녕!"

"갑판도 안녕! 돛대도 안녕! 선실도 안녕!"

"팬, 너도 안녕!"

팬은 키가 크고 늠름한 누렁개였다. 고든은 '팬'을 데리고 배에 올랐다.

소년들은 그날 밤 배에서 자고, 다음 날 아침 일찍 출발할 예정이었다. 그래서 배에는 선장인 가넷 씨와 부선장, 갑판원, 요리사 등이 없었다.

"술이나 한잔하고 올 테니 모코, 네가 배를 지켜라!"

어른들은 견습 갑판원인 모코에게 배를 부탁하고 다들 내렸다.

배에 오른 소년들은 저녁을 맛있게 먹었다. 둘러앉아 노래도 부르고 게임도 했다. 어떤 아이들은 갑판 위에 올라 오클랜드의 밤하늘을 바라보며 저녁 시간을 보냈다.

"밤하늘의 별이 이렇게 아름다운 줄 몰랐어."

크로스가 웹의 어깨에 기댔다.

"요정들이 내다 건 등불 같아."

"어쩜 그럴지도 몰라."

"저 하늘에도 우리 오클랜드처럼 아름다운 도시가 있을까?"

"있을 테지."

크로스와 웹이 이야기하는 사이 고든이 다가왔다.

"밤이 깊었으니 그만 들어가서 자자. 신나는 여행을 떠나려면 일찍 자야 해."

고든은 서성거리는 아이들을 어른스럽게 타일러 선실로 내려보냈다.

잠자리에 누운 소년들은 잠이 오지 않았다.

"아침은 언제 오지?"

"빨리 날이 밝았으면 좋겠다."

소년들은 아침이 오기를 기다리며 잠에 빠져들었다. 그리고 얼마나 지났을까, 이상한 소리에 잠을 깼다.

"누구 없어요? 거기 누구 없어요?"

그 소리는 갑판 위에서 들려왔다. 뭔가 심상치 않은 일이 일어나고 있는 게 틀림없었다.

아이들은 잠자리를 박차고 일어나 갑판 위로 올라갔다.

"이봐요! 거기 누구 없어요?"

모코가 어둠 속을 향해 외치고 있었다.

"왜 그러는 거야! 뭐가 잘못된 거니?"

모두들 놀란 얼굴로 모코의 대답을 기다렸다.

"배가 이상해! 묶어 두었던 로프가 풀린 것 같아."

모코는 애써 침착하려고 목소리를 낮추었다.

"뭐, 로프가 풀렸다고?"

"응. 지금 배가 떠내려가고 있는 느낌이야."

모코의 말에 모두들 놀라 한 걸음씩 뒤로 물러섰다.

"저기 봐. 오클랜드의 불빛이 멀어지고 있어!"

누군가 희미하게 보이는 불빛을 가리켰다.

"맞아, 간밤에 보던 불빛보다 작아졌어. 희미해."

"그렇다면 배가 떠내려가고 있는 게 맞네."

배는 이미 멀리 떠내려온 게 분명했다.

"모코, 어른들은 모두 어디 갔지?"

고든이 제법 굵은 목소리로 모코에게 물었다.

"모두 육지에 나가서 아직 돌아오지 않았어. 나도 배가 기우뚱 거리는 바람에 놀라서 나와 본 거야. 매어 놓은 닻줄이 풀린 것 같은데 어쩌지?"

모코는 멀어져 가는 오클랜드의 불빛만 바라보았다.

"살려 줘요! 누구 없어요!"

오클랜드의 불빛을 향해 누군가가 울먹이며 소리쳤다.

"살려 줘요! 살려 줘요!"

"배가 떠내려가고 있어요!"

갑판 위로 나온 아이들은 한 목소리로 어둠 속을 향해 외쳤다. 그러나 목소리마저 어둠 속에 묻히고 말았다.

어디선가 한 오라기 무서운 바람이 불어왔다. 그러더니 이내 바람이 거세게 불기 시작했다. 배는 아이들의 마음을 아는지 모르는지 자꾸만 떠내려갔다.

표류한 지 24일 만에 소년들이 탄 슬루기 호는 바위투성이 육지 앞에 다다랐다.

"언제까지 마냥 기다리고만 있을 거야?"

도니판이 곁눈질로 힐끔 브리앙을 쳐다보았다. 남을 이해하는 마음이 부족했던 도니판은 자기가 언제나 남들보다, 특히 브리앙보다 더 많이 알고 더 잘한다고 생각했다.

도니판을 포함한 윌콕스, 웹, 크로스는 영국 소년들이었다. 반면 브리앙은 프랑스 국적이었다. 자존심 강한 영국 소년들은 브리앙의 말을 따르려 하지 않았다. 오히려 브리앙의 말이라면 무조건

반대하고 나섰다.

"마냥 기다리는 게 아니야. 바다를 건널 수 있는 시간을 가늠해 보고 있을 뿐이야."

브리앙이 꼼꼼히 바다를 살피며 대답했다.

그때, 배가 조금씩 옆으로 기울었다. 썰물 때가 지나가고 있는 게 분명했다.

"배가 기울고 있잖아. 이러다 침몰할지도 몰라!"

도니판이 브리앙을 노려보며 소리쳤다.

"도니판, 그렇다고 계획 없이 바다로 뛰어들 수는 없잖아."

브리앙이 침착하게 말했다.

"브니앙, 이것 봐. 여기 보트가 있어!"

아까부터 배 고물(배의 뒷부분) 쪽에서 어슬렁거리던 백스터가 소리쳤다.

다들 그쪽으로 고개를 돌렸다. 정말이었다. 갑판 난간 뒤에 비죽하니 보트의 앞부분이 불거져 나와 있었다. 파도가 갑판을 덮쳤을 때, 보트 두 척이 모두 휩쓸려 간 줄 알았는데 그게 아니었다.

소년들은 갑판 난간으로 달려갔다. 다행히 보트 앞머리가 난간에 걸려서 떠내려가지 않고 배에 매달려 있었다. 소년들은 보트를 끌어올렸다.

"헛수고하셨군."

돌아보니 도니판이었다. 도니판은 허리에 양손을 얹고는 음흉하게 웃고 있었다.

"헛수고라니?"

브리앙이 의아해 하며 도니판을 쳐다보았다.

"두고 보면 알 테지."

도니판의 말이 떨어지기가 무섭게 도니판을 따르는 아이들이 보트 쪽으로 달려들었다.

"대체 뭐 하는 짓들이야?"

고든이 두 팔을 벌리고 도니판 패거리를 가로막았다.

"고든, 네가 우리를 가로막는 이유가 뭐야?"

윌콕스의 말은 돌멩이처럼 차가웠다.

"알아야겠어. 뭘 하려는 건지."

모코의 말에 대뜸 도니판이 목소리를 높였다.

"너희가 애써 끌어올린 보트를 타고 건너가겠다, 이거야. 이제
됐어?"

"그건 안 돼. 절대로! 왜냐하면 이 보트는 너희만의 것이 아니니
까. 너희만 보트를 타고 건너면 나머지 애들은 어떡하라는 거니?"

브리앙은 거센 파도에 두려워 떠는 어린 동생들을 바라보았다.

"돌려보내 주면 될 거 아니야!"

도니판이 어깨를 으쓱하며 간단히 말했다.

"그러다가 만일 보트가 바위에 부딪혀 부서지기라도 하면 어떡
할 거지?"

브리앙이 낮지만 또렷한 목소리로 따졌다.

"그거야 우리가 어떻게 할 수 없잖아. 그것까지 우리가 책임져
야 하는 거니?"

말을 마친 도니판이 고든을 밀쳤다. 그러자 도니판 패들이 달려들었다.

　"고든, 우리가 가는 길을 막지 마!"

　"우린 브리앙처럼 기다리다 죽고 싶지는 않아!"

　윌콕스와 웹이 소리쳤다.

　"이해할 수 없어. 절대로 너희 행동을 이해할 수 없어!"

　브리앙의 목소리는 단호했다. 그 바람에 도니판 패들이 멈칫 물러섰다.

　"보트에 타더라도 어린 동생들을 먼저 태워야 해! 이건 옳지 않아. 이기적이라고!"

　브리앙이 끌어올린 보트를 가로막았다.

　"브리앙, 참견 마! 이딴 식으로 계속 우리 일에 참견하면 용서하지 않을 거야."

　도니판이 주먹을 불끈 쥐고 브리앙을 노려보았다.

　"우리는 다 함께 살아야 해. 다 함께 이 위기를 벗어나야 한다고! 어린 동생들과 친구들을 두고 너희만 건너가겠다는 건 옳지 않은 생각이야. 그리고 지금은 무리야. 위험하다고."

　브리앙도 지지 않고 도니판 앞에 버티고 섰다.

　"싸우자는 거니? 저리 비켜!"

도니판이 브리앙의 어깨를 잡았다.

"옳다고 생각하는 일에는 절대 물러설 수 없어."

브리앙이, 어깨를 잡고 선 도니판의 팔목을 틀어쥐었다. 잘못하다간 누가 먼저랄 것도 없이 싸움이 벌어질 판이었다.

"굽이치는 파도를 봐. 저렇게 거센 파도에 보트를 띄운다는 건 위험해. 브리앙 말대로 조금만 기다려 보자."

나이 많은 고든이 타이르듯 나섰다. 그말에, 움켜쥐었던 도니판의 주먹이 펴졌다.

브리앙도 도니판의 손목을 놓았다.

"도니판, 당장에라도 건너가고 싶은 네 마음을 이해해 주지 못해 미안하다."

브리앙이 먼저 한 발 뒤로 물러섰다. 도니판도 마음이 좀 진정되었는지, 꽉 물었던 어금니를 풀며 돌아섰다.

갑판 위에서 한바탕 소란이 벌어진 사이, 물이 더 빠지는지 바위에 끼었던 배가 움직였다. 하지만 물이 완전히 빠지려면 대여섯 시간은 더 기다려야 할 듯싶었다.

"열한 시쯤이나 돼야 보트를 타고 갈 수 있을 것 같다."

고든이 근심스러운 눈으로 손목시계를 내려다보았다.

"배고파!"

위기를 넘기자 누군가 소리쳤다.

그러고 보니 아침부터 지금까지 아무것도 먹지 못했다. 육지를 발견했다는 설렘 탓에 아침 식사를 할 생각도 하지 못했던 것이다. 모두 식사를 마치고 와도 물은 빠지지 않았다.

"뭔가 다른 방법이 필요해."

브리앙은 몰려왔다가 몰려가는 파도를 걱정스럽게 바라보았다.

한참 파도를 바라보던 브리앙이 무슨 생각을 했는지 밧줄을 집어 들었다.

"어떻게 하려고?"

브리앙을 지켜보던 고든이 물었다.

"달리 방법이 없을 것 같아."

브리앙은 집어 든 밧줄 끝을 자기 허리에 묶었다.

"아니, 너 지금 헤엄쳐서 저길 건너가려는 거야?"

고든이 놀란 눈으로 물었다.

"그러려고. 내가 성공하면 누구나 이 밧줄을 잡고 헤엄쳐 올 수 있을 테니까."

"브리앙, 그건 보트를 타고 건너는 것보다 더 위험해. 파도에 휩쓸리면 끝장이라고."

"보트가 바위에 부서지는 것보다는 안전해."

브리앙은 뛰어내릴 듯 갑판 아래를 내려다보았다.

"형! 헤엄쳐 가는 건 위험해! 안 돼!"

브리앙의 동생 자크가 울먹이며 달려들었다.

"걱정 마, 자크! 형은 죽지 않아."

브리앙은 웃으면서 자크를 한 번 안아 주고는 끝내 바닷속으로 뛰어들었다.

파도는 보기와 달리 매우 거칠었다. 파도는 브리앙을 집어삼킬 듯이 덮쳤다. 파도에 맞서 힘겹게 헤엄을 치던 브리앙이 한순간 파도에 휘말렸다.

배 위에서 지켜보던 소년들은 두 손을 꼭 잡았다. 그러나 이내 브리앙이 파도와 함께 다시 떠올랐다. 브리앙은 소용돌이 파도를 헤치며 헤엄을 쳤다. 그러나 그것도 잠시였다. 솟아올랐다가 내리치는 파도에 얻어맞은 브리앙이 정신을 잃었다.

"밧줄을 당겨! 저러다간 죽고 말겠어."

고든의 외침에 소년들이 몰려와 다 같이 있는 힘을 다해 밧줄을 당겼다. 배에 끌어올려 갑판 위에 누일 때까지도 브리앙은 눈을 뜨지 못했다.

"형! 정신 차려! 형! 살아야 해!"

자크는 브리앙을 부둥켜안고 마구 흔들었다. 모코가 울고 있는 자크를 떼어 내고 인공 호흡을 했다.

모코는 정말 침착했다. 학교에서 한 번도 배운 적이 없는 인공 호흡을 어떻게 알았는지, 능숙하게 한 번도 쉬지 않고 했다. 한참 만에 브리앙이 물 한 모금을 토하고는 눈을 떴다.

그 무렵부터 밀물이 들어오기 시작했다. 파도가 전보다 높아졌다. 오후 두 시를 지나면서 밀물의 높이가 급격히 높아졌다.

"배가 부서질 것 같아!"

바위 틈에 끼인 배가 들이치는 밀물의 힘에 못 이겨 부서질 듯 삐걱거렸다.

모두 안절부절못하고 있는데 또 한 번 파도가 거세게 밀려왔다. 그 바람에 배가 튕겨 나가듯 물 위로 솟아올랐다. 배는 집 떠난 망아지처럼 파도를 따라 이리저리 흔들렸다.

"저것 봐. 이번엔 굉장한 파도가 몰려오고 있어!"

"이젠 끝장이다!"

"여기서 이렇게 죽는 거야?"

"안 돼, 여기서 이렇게 죽을 수 없어."

"난 꼭 살아서 돌아가야 해."

"잘될 거야. 우리 기도하자."

"아, 하느님! 제발……."

산더미처럼 큰 파도를 보자, 모두들 눈을 감고 비명을 질렀다. 그리고 한참 뒤, 아이들이 다시 눈을 떴다.

"배가 모랫벌에 올라와 있어!"

모코의 목소리가 꿈결같이 들렸다.

배는 밀물에 떠밀려 육지 쪽으로 밀려와 피로에 지친 듯 모랫벌에 누워 있었다.

섬일까, 육지일까?

"여기가 섬일까, 대륙에 붙어 있는 육지일까?"

풀숲을 걸으며 브리앙은 몇 번이고 되물었다.

"조사해 보면 알 걸 가지고 괜히 걱정하는 체 마라."

도니판이 비아냥거렸다.

"맞아. 너뿐 아니라 걱정스럽긴 우리도 마찬가지야."

"앞날에 대한 생각은 우리도 많이 한다고."

크로스와 웹, 윌콕스도 빈정거렸다.

"걱정되어서 하는 말 가지고 뭘 그러니?"

고든이 도니판 패를 나무라며 앞쪽을 가리켰다.

"숲 쪽을 좀 봐."

숲은 한눈에 보기에도 울창했다.

"숲이 왜? 아까부터 보아 온 숲이잖아!"

크로스가 심통을 부리듯 고든을 힐끔 쳐다보았다.

"숲 말고 그 너머에서 반짝이는 것 말이야."

숲 너머에 셀로판지처럼 반짝이는 것을 고든이 가리켰다.

"물이야! 강물이 분명해!"

브리앙이 반가운 듯 소리쳤다.

"숲이 있으면 당연히 강이 있는 것 아니니? 다 아는 건데, 뭘 새삼스럽게 놀라는 거야?"

도니판이 턱을 쭉 빼고 한마디했다.

강으로 가려면 숲을 지나야 했다. 숲은 가까이 가서 보니 더 울창했다. 나무들은 오래되고 쓰러진 고목들도 많았다. 나무들 틈엔 붉게 단풍이 든 나무들도 있었다. 사람이 다닌 흔적이라곤 아무 데도 없었다.

숲을 건너자, 유유히 흘러가는 강이 펼쳐졌다. 강 건너에는 나무 한 그루 없는 바위투성이 땅이었다.

"여기에 강이 있다는 것만 알아 두고 떠나자. 여기저기 살펴보려면 서둘러야 해."

브리앙의 말에 모두 강을 끼고 넓은 북쪽을 향해 다시 걸었다.

"잠잘 수 있는 동굴을 찾았으면 좋겠어."

브리앙이 어린 동생들을 생각하며 입을 열었다.

"새삼스럽게 동굴은 또 무슨 동굴? 밑바닥이 부서지긴 했지만 튼튼한 슬루기 호가 있는데."

윌콕스가 걱정 없다는 투로 브리앙의 말을 막았다.

"윌콕스 말이 맞아. 배에는 몇 달 치 식량이 있어. 총도 있고, 지도도 있고, 담요와 옷 그리고 고기를 잡을 수 있는 낚시 도구들도 있어. 근데 동굴은 또 무슨 소리야?"

도니판이 두고 온 슬루기 호 쪽을 바라보았다.

"우리는 추위를 견딜 수 있지만 어린 동생들은 엄마도 보고 싶을 테고, 또 병이라도 나면……. 그것뿐이 아니야. 길을 잃고 여기까지 왔으니 얼마나 무섭고 떨리겠니?"

"도니판, 그건 브리앙 말이 맞아."

고든이 좀 심각한 표정을 지으며 말을 이었다.

"아까 숲에서 단풍이 든 나무를 봤어. 그건 겨울이 오고 있다는 증거야. 지금이 3월 중순이니까 4월 말까지는 그래도 날씨가 좋을 거야. 그러나 5월이 되면 점점 추워지지 않겠어? 겨울이 오면, 그때는 브리앙의 말대로 따뜻한 동굴이 필요해. 배에서는 추운 겨울을 날 수가 없어."

"그 말은 옳은 것 같군."

도니판이 고개를 끄덕였다.

"그럼 도니판의 말대로 동굴을 찾아보자!"

도니판의 말대로라니! 크로스는 얄밉게도, 브리앙이 내놓은 의견을 말 한 마디로 싹 무시했다.

"저쪽 바위 위로 올라가 보자. 동굴을 찾을 수 있을 거야."

크로스가 듬성듬성 나무로 가려진, 그 너머 절벽을 가리켰다. 절벽은 사다리처럼 하늘로 높이 솟았는데, 50미터는 되어 보였다.

"그래! 해지기 전에 빨리 가 보자."

고든이 저녁 하늘을 올려다보았다.

벌써 노을이 빨갛게 물들고 있었다. 소년들은 부지런히 절벽을 향해 걸었다. 머리 위로 비둘기가 날고, 매도 날았다. 길 없는 곳을 더듬어 걸어가기가 쉽지 않았다.

"브리앙과 도니판! 너희 둘이 올라가는 게 어때?"

고든이 절벽을 올려다보며 물었다. 사다리처럼 솟아 있는 절벽은 여러 명이 다 올라가기에는 좁고 위험했다.

"좋아!"

브리앙과 도니판은 서슴없이 절벽에 올랐다. 사방을 둘러보던 브리앙이 실망한 듯 소리쳤다.

"어디에도 동굴은 보이지 않아."

저녁 무렵이라 밝지는 않았지만 동굴은 눈에 띄지 않았다.

"아무래도 여긴 섬인 것 같아."

브리앙이 절벽 아래에 있는 소년들을 향해 소리쳤다.

저 멀리 구름과 안개가 끼어 있어서 정확하게 알 수는 없었지만,

육지가 끝나는 곳마다 언뜻언뜻 파란빛이 보였다. 그 파란빛은 분

명 바다일 터였다. 브리앙이 이곳을 섬이라고 여기는 이유가 바로 그 때문이었다.

"그런데 구름이 짙게 낀 동쪽은 좀 이상해."

브리앙의 혼잣말에 도니판이 의심스러운 눈으로 동쪽 끝을 바라보았다.

슬루기 호로 돌아온 브리앙은 아이들을 모아 놓고 자신들이 본 섬에 대해서 설명했다.

브리앙은 설명하는 동안 동생 자크를 유심히 살펴보았다. 자크는 섬에 도착한 뒤부터 왠지 말이 없었다. 아픈 사람처럼 얼굴도 핼쑥했다. 브리앙은 자크가 안쓰러웠다. 그리고 영문도 모른 채 재잘대는 아이들을 보면, 마치 자기 때문에 이 고생을 하게 된 것 같아 미안했다.

저녁에는 모코가 요리를 만들었다. 서비스는 요리사 모코의 새로운 조수가 되어 도와주었다. 잘 만든 요리는 아니었지만 아이들은 모두 맛있게 먹었다.

밤이 깊어지자 소년들은 하나둘 잠자리에 들었다. 잠들지 않고 둘러앉아 귓속말로 수군대는 소년들이 있었다. 도니판과 크로스, 윌콕스와 웹이었다. 이들은 무슨 꿍꿍이속이 있는지 심각한 표정으로 한참을 속닥거렸다.

잠을 이루지 못하고 선실 밖을 내다보고 있는 브리앙에게 도니판이 다가왔다.

"브리앙! 너는 이곳이 섬이라고 하지만 아직 섬이라고 단정 짓긴 일러! 네가 잘못 판단하고 있는지도 모르잖아?"

도니판의 말에 브리앙이 진지한 목소리로 말했다.

"이곳이 섬이라고 단정 짓지는 않았어. 구름과 안개에 가려진 먼 곳은 보지 못했으니까."

"어쨌든 우리는 너의 판단을 따를 수 없어. 그래서 내일 다시 우리끼리 절벽 위에 가 볼 생각이야."

"도니판, 그럼 그 절벽보다는 구름에 덮인 동쪽 끝에 가 보는 게 더 확실할 것 같아."

"그래? 뭐, 어디든 좋아. 우리끼리 갈 테니까."

그러나 도니판이 이렇게 말하고 돌아서려는데 고든이 슬쩍 끼어들었다.

"가려면 브리앙과 함께 가는 게 어때? 브리앙은 세계 여행을 한 적이 있으니까."

도니판은 잠시 표정이 굳었지만 이내 대답했다.

"좋아!"

도니판이 심드렁하게 대답하며 크로스와 웹, 윌콕스가 있는 곳으로 갔다.

이튿날부터 비가 내렸다. 비를 맞으며 그 먼 곳에 갈 수는 없었다. 그런데 브리앙에겐 또 하나의 걱정거리가 생겼다.

'만일 이곳이 섬이라면 식량을 절약해야 해.'

브리앙은, 아버지가 장교여서 총 쏘는 걸 많이 본 도니판과 가넷에게 총을 내주었다. 그리고 다른 아이들에겐 낚시 도구를 꺼내 주었다.

"비둘기든 물고기든, 아니면 조개든 지금 우리한테는 식량이 더 많이 필요해."

브리앙은 아이들에게 각자 할 일을 맡겼다. 그리고 자신은 고든, 백스터와 함께 창고에서 여름옷을 꺼내 와 바느질을 했다. 언제 닥쳐올지도 모를 추위를 대비한 옷이 필요했다. 옷은 되도록 두툼하게 만들었다. 앞으로 6주일 뒤, 추워지기 전에 이곳을 떠나야 한다는 것이 브리앙의 생각이었다.

비는 여러 날 동안 쉬지 않고 내렸다.

4월이 되었다. 날씨는 하루하루 좋아졌다.

이윽고 섬을 탐험하는 날이 왔다. 탐험대는 벌써 며칠 전에 짜여져 있었다. 브리앙, 서비스, 도니판, 윌콕스 이렇게 네 명이었다.

브리앙과 도니판이 앞장을 섰다. 식량과 망원경과 총을 들고 걸었다. 방향은 예정대로 동쪽이었다.

망원경으로 보았을 때 분명히 북쪽 끝은 바다였다. 그러나 동쪽 끝, 구름 사이로 보이던 바다는 빛깔이 달랐다.

"브리앙, 네가 바다라고 한 동쪽 바다 말야, 이 푸른 들판을 바다로 착각한 게 틀림없어."

도니판은 계속 브리앙의 판단을 의심했다.

"바다와 들판을 구별하지 못하다니!"

나무 지팡이를 짚고 걷던 윌콕스가 빈정거렸다. 그러나 브리앙은 입을 꾹 다물고 아무 말이 없었다.

한참 만에 드디어 숲이 나타났다. 숲에서는 차고 선선한 바람이 불어왔다.

숲은 지난번 본 그 숲의 한 자락이었다. 숲은 활처럼 길게 누웠는데, 주로 고목들이었다.

2킬로미터쯤 걸었을까, 숲이 사라지고 높은 암벽이 나타났다. 암벽을 따라 떨기나무들이 듬성듬성 서 있었다.

"도니판, 암벽을 타고 가기에는 지금 시간이 좀 부족해. 비켜서 가는 길을 찾아봐."

브리앙이 앞서가는 도니판을 재촉했다.

"그럼, 저쪽 암벽을 끼고 돌자!"

고개를 빼고 지형을 살피던 도니판이 모자를 벗어 암벽의 아래쪽을 가리켰다.

모두 도니판을 따라 아래쪽 암벽으로 향했다. 그러나 길이 없었다. 암벽 위에서 굴러 내린 돌들을 비켜서 걷는 곳이 길이었다. 길을 따라 비틀거리며 한참을 걷는데, 뒤쪽에서 서비스가 소리쳤다.

"저기 봐. 시냇물이야!"

암벽에서 조금 떨어진 아래에 시내가 흐르고 있었다. 이 시냇물은 지난번 본 강이 아니었다. 시냇물은 속이 훤히 들여다보일 만큼 맑고 깨끗했다.

"목이나 축이고 가자."

윌콕스가 시냇물을 향해 뛰어 내려갔다.

"물통의 물도 채워야 해."

브리앙도 윌콕스의 뒤를 따랐다. 모두 시냇물에 엎드려 물을 마시고 일어설 때였다.

"저기, 저 시내를 가로지르는 돌들 좀 봐!"

서비스가 뭔가 새로운 것을 발견한 듯 놀라 소리쳤다.

"듬성듬성 놓인 돌들 말이야?"

얼굴을 씻고 일어서던 윌콕스가 물었다.

"틀림없이 징검다리야. 사람이 놓은……."

시냇물을 가로질러 듬성듬성 놓여 있는 돌은 저절로 놓인 것이
아니었다.

"그렇다면 이 근처에 사람이 살고 있다는 건가?"

브리앙이 고개를 들어 사방을 둘러보았다.

도니판은 브리앙의 말에 갑자기 무서운 생각이 들었다. 대뜸 허
리에 찬 권총을 잡았다.

브리앙도 날카로운 눈빛으로 주변을 살폈다. 그러나 이상한 점은 없었다.

　일행은 동쪽을 향해 계속 나아갔다. 시냇물을 건너 다시 3킬로미터쯤 가자 밀림이 나왔다. 지금껏 본 적이 없는 거대한 숲이었다. 나무와 나무 사이의 간격은 촘촘했고, 하늘은 한 조각도 보이지 않았다.

　"브리앙, 네가 보았다는 바다는 왜 안 나올까? 과연 있기는 한 걸까?"

　가도가도 브리앙이 보았다는 동쪽 바다가 나오지 않자 도니판이 비아냥거리듯 말했다.

　"네가 나를 믿지 못한다고 해도 좋아. 나도 이곳이 섬이 아니길 바라니까."

　브리앙의 대답에 서비스가 한마디했다.

　"서로 탓하기에는 너무 이른 거 아니냐? 당장 우리 앞에 뭐가 나타날지는 아무도 모르잖아. 동쪽 끝에 곧 다다를 텐데 브리앙의 생각이 맞는지 틀린지는 그때 보자고."

　서비스의 생각은 정말 옳았다. 컴컴한 밀림 저쪽 숲 사이로 햇빛이 비껴 들고 있었다. 그것은 마치 소년들의 앞길을 비춰 주는 환한 희망 같았다.

"밀림이 끝나고 있다는 증거야."

10여 분을 꼬박 걸어가자, 정말 밀림이 끝나고 뜻밖에도 푸른 들판이 나타났다.

"브리앙이 바라던 들판이야!"

윌콕스가 들판을 향해 달려 나갔다. 그러나 그것은 들판이 아니었다.

FB 1807

바다였다. 수평선만 보이는 끝없이 푸른 바다였다.

브리앙도 도니판도 윌콕스도 그 자리에 주저앉았다. 따라온 팬도 혀를 내밀고 헐떡이며 주저앉았다.

"바다를 보니 갑자기 배가 고프다!"

소년들은 허기까지 겹쳐 더 맥이 빠졌다. 정오가 지나도록 먹는 일을 잊고 있었던 것이다. 가져간 빵과 쇠고기 통조림, 과일을 들고 해변가에 가 앉았다. 모두들 둘러앉아 허기진 배를 채우고 있을 때, 브리앙이 팬을 불렀다.

"팬, 너를 잊을 뻔했구나! 같이 먹자."

브리앙은 팬에게도 쇠고기 통조림을 주었다.

다 먹고 난 팬이 바닷가로 가더니 홀짝홀짝 물을 마셨다.

"아니, 팬이 바닷물을 마시다니!"

서비스가 팬이 있는 곳으로 달려갔다. 서비스가 한 손으로 바닷물을 떠서 마셨다. 그러더니 이쪽을 향해 소리쳤다.

"이건 바닷물이 아니야! 민물이야, 민물!"

그 말에 모두 달려가 물을 떠서 먹었다. 서비스의 말대로 분명 민물이었다.

그리고 보니 브리앙이 본 것은 바다가 아니라 호수였다.

"도대체 어떻게 된 거야? 이게 호수라면 이곳이 섬이 아니란 말이잖아!"

도니판도 믿을 수 없다는 듯 물을 들이켰다.

"호수라 다행이야."

브리앙도 서비스도 다른 아이들도 이곳이 섬이 아니라는 사실에 안도의 숨을 내쉬었다.

"늦기 전에 떠나자."

브리앙이 제일 먼저 일어서서 걸었다.

"가만!"

그때였다. 서비스가 또 무엇인가를 발견했는지 걸음을 멈추고 말했다.

"저길 봐. 저기 호숫가에 보트가 있어!"

서비스는 마치 발견의 천재인 양 이번에는 호숫가 진창을 가리켰다.

"보트라고?"

다들 소리치며 그곳을 바라보았다. 진창에는 부서진 보트가 한 척 있었다. 모두들 그 자리에 우뚝 멈추었다.

"이곳에 누가 살고 있는 게 분명해."

도니판이 권총을 뽑아 들었다. 그러나 뒤쪽 숲에서는 새 지저귀는 소리만 들릴 뿐, 주변이 너무나 조용했다.

"저쪽 숲에서 누가 우릴 노리고 있을지도 몰라."

윌콕스가 도니판의 등 뒤에 숨었다.

"근데 부서지고 나무판이 삭은 걸 보면 보트 주인이 죽었거나 아니면……."

"아니면?"

윌콕스가 서비스의 말을 다급하게 가로챘다.

"난파선에서 밀려온 보트일지도……."

그제야 윌콕스가 슬그머니 도니판의 등 뒤에서 나왔다.

"자, 가자! 두렵다고 탐험을 멈출 수는 없어. 어딘가 사람이 있을지도 모르니 조심해야 해."

브리앙이 다시 걸음을 재촉했다.

다시 40미터쯤 걸었을까, 커다란 느티나무 한 그루가 호숫가에 서 있었다. 느티나무 그늘로 들어서는데, 늙은 느티나무에 새겨진 글씨가 보였다.

FB 1807

느티나무 주변에는 밭이었을 것 같은 곳이 있고, 돌무더기 위에 는 다 낡은 가래 한 자루가 놓여 있었다. 그리고 느티나무 뒤쪽에 는 사람의 해골도 있었다.

소년들은 갑자기 소름이 쫙 끼쳤다. 브리앙이 해골 쪽으로 침착 하게 다가가며 말했다.

"너무 놀라지 마. 사람이 분명해."

해골은 땅 위로 올라온 느티나무 뿌리를 베고 누워 있었다.

"구조를 기다리다 그대로 죽은 모양이야."

도니판이 해골을 유심히 내려다보았다.

"그렇다면 이곳이 섬이라는 사실이 더욱 분명해졌어."

브리앙의 목소리가 가늘게 떨렸다.

그렇게 한참을 슬픈 눈으로 해골을 바라보던 소년들은 다시 길

을 나섰다.

"컹컹컹!"

앞서 가던 팬이 짖어 댔다.

"사람이 숨어 있나 봐!"

서비스가 커다란 암벽 밑에 난 덤불 숲을 향해 짖어 대는 팬을 쫓아갔다.

"동굴이다! 모두들 빨리 와 봐! 동굴이야!"

"사람은 보이지 않니?"

윌콕스와 브리앙, 도니판이 뒤쫓아 갔다.

동굴 입구의 높이는 어른 키만 했다. 겉에서 보기에 동굴 안은 그리 넓어 보이지 않았다.

"아니, 어쩌면 겉보기와 달리 꽤 넓을지도 몰라."

브리앙은 마른 풀로 횃불을 만들어 동굴 안을 비추었다.

"이야, 여기 보기보다 넓어. 방 두세 칸 정도는 되겠는걸."

그러자 모두 브리앙의 등 뒤로 다가가 허리를 굽혀 안을 들여다보았다.

"그러지 말고 들어가 보자."

서비스의 말에 소년들은 꺼져 가는 횃불을 다시 밝혀 들고 동굴 안으로 들어섰다.

"여기 나무 탁자가 있어."

동굴 한쪽 구석엔 엉성하기는 하지만 탁자가 하나 있고, 그 위에 주전자와 펜, 그리고 잉크병과 작은 칼 하나가 어지럽게 놓여 있었다.

비죽이 들어간 안쪽에는 짚으로 만든 침대와 덮고 잔 듯한 담요 한 장이 놓여 있었다. 담요 자락을 살짝 들어 올리자, 시계가 놓여 있었다.

브리앙이 조심스럽게 시계를 집어 들었다. 시곗바늘은 세 시 이십칠 분을 가리키고 있었다.

"뭔가 알아낼 수 있는 게 있을지 몰라."

도니판이 브리앙 곁으로 다가갔다.

"시계를 만든 곳을 알아내면 이 동굴 주인이 어느 나라 사람인지 알 수 있을 거야."

도니판의 말대로 시계 뒷면을 자세히 들여다보던 브리앙이 소리 쳤다.

"델푀크 생말로! 프랑스 시계 회사가 여기 있는 모양이야. 그렇 다면 이 동굴의 주인은 나처럼 프랑스 사람일까?"

브리앙쪽은 마치 프랑스 사람을 만난 것처럼 흥분했다.

이번에는 도니판이 침대를 옮기다가 바닥에 떨어져 있는 공책을 주웠다. 공책은 오래되고 낡아서 그 안에 씌어 있는 글씨가 희미하게 보였다.

도니판이 몇 글자 읽다가 고개를 갸웃했다.

"프랑스 글자 같아. 난 못 읽겠어."

도니판이 브리앙에게 공책을 넘겼다. 브리앙이 받아 여기저기 살펴보다가 말했다.

"글씨가 희미해서 읽을 수는 없지만, 이 공책 주인의 이름은 알겠어. '프랑수아 보두앵'이야."

그 말에 서비스가 이마를 탁 쳤다.

"아, 알겠다!"

"뭘? 뭘 알겠다는 거야?"

도니판이 눈을 동그랗게 뜨고 물었다.

"호숫가 느티나무에 새겨진 FB 1807 말이야. FB는 프랑수아 보두앵의 머리글자였던 거네."

서비스가 흥분해서 큰 소리로 말했다.

"야! 서비스, 정말 대단하구나!"

도니판도 서비스의 정확한 추리력에 놀랐다.

"뭘 그 정도 가지고 그래……."

서비스는 겸손한 척하며 어깨를 으쓱해 보였다.

그런 서비스를 바라보며 브리앙도 칭찬을 아끼지 않았다. 1807
이라는 숫자는 53년 전 보두앵이 표류하여 이곳에 도착한 해임이
분명했다.

브리앙이 공책을 다시 들춰 보았다. 그때 공책에서 종이 한 장이
툭 바닥으로 떨어졌다. 도니판이 얼른 주워서 펼쳐 보더니 큰 소
리로 외쳤다.

"지도다! 보두앵이 그린 지도인가 봐!"

"어디 보자!"

모두들 도니판이 펼쳐 든 지도 앞에 모였다.

지도를 보니, 지금 있는 곳은 호수의 서쪽 기슭이었다. 거기서
슬루기만 쪽으로 암벽이 연결되어 있었고, 곶과 강들도 아주 자세
히 그려져 있었다. 지도의 모양은 나비 날개처럼 펼쳐져 있었고,
동서의 가장 긴 거리는 약 40킬로미터이며, 남북 간은 약 80킬로
미터였다.

모두들 지도에 정신이 팔려 있을 때, 브리앙이 한숨을 쉬며 입을
열었다.

"아! 네 면이 모두 바다구나!"

그 말에 다들 놀라 다시 지도를 들여다보았다. 정말로 네 면이
모두 바다로 둘러싸인 이곳은 섬이었다.

　이 섬이 태평양 위에 홀로 떨어져 있는지, 아니면 여러 섬 중의 하나인지 그것은 알 수 없었다.

　"보두앵이 이곳을 빠져나가지 못하고 죽은 건, 여기가 섬이었기 때문이야."

　도니판이 걱정스러운 얼굴로 브리앙을 바라보았다.

　브리앙은 들고 있던 공책을 탁자 위에 내려놓았다. 그리고 동굴 밖으로 천천히 걸어 나갔다. 도니판과 서비스도 그 뒤를 따라 생각에 잠긴 채 밖으로 나왔다.

　그들은 느티나무 밑에 누워서 죽음을 맞은 보두앵의 운명을 생각했다. 머리 위에 뜬 구름이 저 멀리 사라질 때까지 모두 말이 없었다.

"돌아가기 전에 느티나무 밑에 누운 이 동굴 주인을 묻어 주자."

브리앙이 슬픈 목소리로 말했다.

"그래, 그분이 쓰던 동굴을 우리가 쓰게 됐는데……."

소년들은 몸가짐을 단정히 하고 호숫가 느티나무께로 갔다. 우선 흙을 퍼 가지고 와서 정성스레 해골을 묻어 주었다. 그러고는 무덤 앞에 십자가를 만들어 세우고 묵념을 했다.

"어쩌면 우리도 이렇게 될지 몰라. 흑흑!"

묵념이 끝났는데도 서비스는 계속 울었다. 브리앙이 서비스의 눈물을 닦아 주며 말했다.

"우리는 살아서 돌아갈 거야. 돌아가서 부모님을 꼭 만날 거야. 그러려면 동굴로 짐을 옮겨 겨울을 나야 해. 어서 돌아가 이사할 준비를 하자."

도니판도 무겁게 입을 열었다.

"그나마 이런 동굴을 찾게 되어 정말 다행이야."

호수는 숲 한가운데에 있었는데 길이가 28킬로미터, 폭은 8킬로미터였다. 워낙 호수가 크고 넓어서 바다로 착각한 것이었다.

돌아올 때 보니, 호수의 북쪽과 남쪽과 동쪽 연안이 전혀 보이지 않았다.

호수에선 여러 갈래의 강이 갈라져 나왔고, 특히 동굴 앞으로 흐르는 강은 슬루기 호가 있는 슬루기만까지 흘렀다.

돌아온 다음 날부터 소년들은 이사할 준비를 했다.

배는 폭풍 때문에 심하게 부서졌다. 판자도 떨어져 나갔고, 골조도 부서졌다. 소년들은 시간이 좀 걸리더라도 동굴 안에서 사는 데 필요한 모든 것들을 가져가기로 했다. 뗏목을 만들어 배의 갑판은 물론 배에 있는 물건들을 모두 싣고 가기로 했다.

새로 발견한 동굴

"떠나기 전에 절벽 위에 깃발을 세워 놓자. 그래야 지나가는 배들이 보고 우리를 구조하러 와 줄 테니까."

고든의 제안에 모두 고개를 끄덕였다.

그들은 부러진 돛대를 슬루기만의 절벽 위에 세우고 영국 국기를 달았다. 도니판이 경의의 표시로 총을 한 방 쏘았다.

5월 6일 이른 아침, 열다섯 명의 소년은 뗏목 위에 차곡차곡 짐을 실었다. 이제 배를 떠나 섬의 동굴로 가야 했다.

아홉 시가 가까워지자 밀물이 몰려왔다.

"자, 출발!"

브리앙의 출발 신호와 함께 뗏목을 묶어 두었던 밧줄을 풀었다.

뗏목은 불어 오른 밀물의 도움으로 순조롭게 강을 거슬러 오르기 시작했다.

소년들은 강 위에서 차고 매서운 바람을 맞으며 하룻밤을 잤다. 그리고 그다음 날 오후 세 시쯤, 뗏목은 마침내 호숫가에 이르렀다. 소년들은 동굴 앞에 있는 둑에 뗏목을 매어 놓았다.

고든과 브리앙, 도니판, 모코 등은 앞으로 어린 동생들을 돌보며 견뎌 나갈 일이 걱정이었다. 그러나 어린 꼬마들은 그런 마음을 아는지 모르는지 "다 왔다."는 말에 환호성을 질렀다.

동굴은 지난번 왔던 그대로였다.

"우선 필요한 짐만 먼저 나르자."

고든은 침구와 취사도구, 식량 등을 먼저 나르자고 했다. 힘들고 어려운 일에 처할 때마다 고든은 언제나 침착하게 일의 순서를 정했다.

첫날은 고든의 말대로 당장 추위를 막아 줄 침구와 식량, 그리고 요리를 할 취사도구만 옮겼다.

짐을 나른 다음, 고든이 아이들에게 말했다.

"이 동굴의 주인이었던 프랑수아 보두앵의 무덤에 가서 인사를 드리자."

모두 고든의 말에 찬성했다.

그들은 보두앵의 무덤으로 갔다. 어린아이들은 무릎을 꿇었고, 큰 아이들은 고개를 숙인 채 프랑수아 보두앵의 영혼을 위해 기도를 드렸다.

동굴로 다시 돌아온 소년들은 저녁 식사를 했다. 하루 종일 뗏목을 타고 짐을 나르고 하느라 힘들어서인지, 저녁 식사는 그 어느 때보다도 맛있었다. 저녁을 먹고 침대에 누운 소년들은 곧 잠에 곯아떨어졌다.

보초 당번인 윌콕스와 도니판은 동굴 입구에 불을 피워 놓고 침입자들의 접근을 막았다.

그 후 사흘 동안은 실어 온 물건을 나르느라 눈코 뜰 새 없이 바빴다. 그러는 중에도 모코와 백스터는 동굴 천장에 구멍을 뚫어 햇빛이 들어오게 했고, 솥을 걸고 물독을 놓았다.

브리앙은 고든과 함께 동굴 안을 정돈했다. 침대가 좁지만 그래도 열다섯 명이 함께 잘 수 있도록 준비했다. 그 일을 하는 데도 여러 날이 걸렸다.

날이 추워지면서 서풍은 늘 불어왔다. 안개도 늘 끼었으며, 기온은 0도를 넘은 적이 없었다. 추운 겨울을 대비해 모코와 도니판, 웹, 크로스 등은 메추라기도요, 고방오리 등을 사냥했다.

동굴에서 1킬로미터나 떨어진 숲으로 사냥을 나갔을 때였다. 사

람이 파 놓은 것 같은 구덩이가 여기저기 있었다. 대개 마른 나뭇
가지로 얼기설기 덮여 있었는데, 그 안에 짐승들의 뼈가 보였다.

"짐승을 잡으려고 보두앵이 파 놓은 함정일 거야."

도니판이 구덩이 주위를 살펴보며 말했다.

"보두앵은 총이 없었을 테니까."

그때, 윌콕스가 구덩이 속으로 뛰어내렸다.

"어쩌려고?"

웹이 놀란 눈으로 물었다.

"보두앵처럼 구덩이를 이용하면 총알을 아낄 수 있잖아."

윌콕스는 구덩이를 치우고는 흩어진 나뭇가지들을 모아 구덩이
위에 얹었다. 그리고 그 위에 마른 나뭇잎을 덮어 감쪽같이 숨겨
놓았다.

"이게 총 없던 시대 사람들의 지혜라고!"

윌콕스가 어깨를 으쓱하며 제법 우쭐해 했다.

며칠 뒤, 그들이 다시 숲으로 사냥을 하러 갔을 때였다. 윌콕스
가 만들어 둔 함정에서 짐승의 울음소리가 났다.

그 소리에 팬이 쏜살같이 달려갔다.

"재규어다!"

팬 뒤를 따라간 웹이 소리쳤다.

"아니야, 퓨마야!"

웹 뒤를 쫓아간 크로스가 또 소리쳤다.

"아니야. 두 발 달린 짐승이야. 타조인가 봐."

도니판의 말이 옳았다. 구덩이에 빠진 것은 타조였다. 아담한 크기, 거위 같은 머리, 몸뚱이 전체를 덮고 있는 잿빛 털……. 그건 분명 타조였다.

"산 채로 잡자!"

윌콕스는 갑자기 겉옷을 벗어 들고 구덩이로 뛰어내렸다. 그런 다음 옷으로 타조의 머리를 확 뒤집어씌웠다. 발버둥치던 타조가 잠잠해졌다. 한순간이었다.

"다들 내려와! 타조를 끌어내자!"

모두 구덩이로 뛰어내려 타조를 끌어올렸다. 매우 큰 타조였다.

"그런데, 이 타조를 어떻게 하지?"

크로스가 물었다.

"동굴로 데려가 길을 들여서 타고 다니자."

서비스가 자신만만하게 어깨를 으쓱해 보였다. 서비스의 말에 모두들 고개를 갸웃거렸다.

"과연 타조를 탈 수 있을까?"

그들은 타조를 데리고 동굴로 돌아왔다.

타조를 보자, 동굴에 남아 있던 어린아이들이 다가와 구경하며 아우성이었다.

"태워 줘!"

"앞으로 말 잘 들을게, 좀 태워 줘!"

그러자 서비스가 기분 좋게 대꾸했다.

"나중에 이 형이 길들인 다음에 태워 줄게."

"그래, 지금은 동굴 공사를 해야 하니까 나중에 태워 줄게."

백스터도 어린 동생들의 마음을 달래 주었다.

지금은 무엇보다 동굴을 넓히는 일이 급했다. 열다섯 명이 생활하기에 동굴은 너무 좁았다. 그래서 동굴 오른편에 또 다른 굴을 뚫기로 했다.

동굴 공사를 시작할 때 브리앙이 말했다.

"호수 쪽으로 15미터쯤 파 내려가면 그쪽 암벽 밑으로 나가게 될 거야. 그러면 이쪽에 눈이 쌓여 밖으로 나가지 못할 때 그쪽 암벽 밑의 문을 이용할 수 있어. 문은 두 개가 필요해. 그래야 동굴을 넓혀 여러 개의 방을 만들면 편리하게 쓸 수 있지."

5월 27일부터 30일까지 작업은 순조롭게 진행되었다. 그런데 30일 오후, 동굴을 2미터 정도 뚫고 들어갔을 때였다.

"백스터, 뭔가 이상해!"

동굴을 파 나가던 브리앙이 곡괭이를 놓고 귀를 기울였다.

"왜 그래, 브리앙?"

뒤에서 일하던 백스터가 물었다.

"짐승 우는 소리 같은 게 들려!"

"잘못 들었겠지."

브리앙이 곡괭이를 들고 다시 벽을 파는데 또다시 소리가 들려왔다.

"우우우우!"

틀림없이 짐승의 울음소리였다. 그것도 아주 가까운 곳에서 들려왔다.

"백스터, 짐승 울음소리 맞지?"

"그래, 틀림없어. 짐승 우는 소리야."

야릇한 울음소리에 브리앙과 백스터는 덜컥 겁이 났다. 당장이라도 벽을 뚫고 사나운 짐승이 달려들 것만 같았다.

"동생들한테는 말하지 말자. 겁먹을 테니까."

브리앙의 말에 백스터도 고개를 끄덕였다.

그 소리는, 밤이 깊어지자 더욱 자주 들려왔다.

다음 날 아침, 백스터와 브리앙은 도니판과 함께 통로 끝까지 가 보았다. 아무 소리도 들리지 않았다. 도니판과 백스터는 만일의

일을 대비해 총을 들고 절벽 꼭대기까지 올라가 보았다. 이상한
것이라곤 아무것도 없었다.

　동굴 넓히는 공사는 다시 시작되었다. 그런데 곡괭이를 들고 동

굴을 파면 또 이상한 소리가 들렸다.

"저쪽 벽 너머에 또 다른 동굴이 있는 게 아닐까?"

"그럴지도 몰라."

브리앙의 말에 백스터가 고개를 끄덕였다.

그날 밤, 아홉 시쯤이었다. 굴을 파는데 들리지 않던 울음소리가 또 들렸다. 이번에는 아픔을 호소하는 듯한 울음소리였다.

"다른 동굴이 또 있는 게 틀림없어. 절벽 끝에 입구가 있을지도 몰라."

"그 속에서 짐승들이 밤을 보내는 게 아닐까?"

고든이 덧붙였다.

그때였다. 팬이 짖어 대는 소리가 요란하게 들렸다.

"팬이야. 팬이 저쪽 동굴에 들어가 짐승들과 싸우는 것 같아."

팬의 울음소리라고 생각하니 마음이 더 급해졌다. 달려가서 도와주고 싶었지만 벽이 막혀 어쩔 수 없었다.

"팬! 용감하게 싸워야 해!"

"꼭 이겨야 해!"

브리앙과 백스터는 주먹을 불끈 쥐었다. 그러면서 힘을 다해 곡괭이로 동굴 벽을 후려쳤다.

그러자 벽이 와르르 무너지며 커다란 구멍이 뚫렸다.

그 순간 이쪽으로 뛰어드는 것이 있었다.

"팬이다! 팬!"

고든이 크게 소리쳤다.

브리앙은 등을 켜 들고 구멍 너머의 통로로 들어갔다. 백스터와 도니판, 고든도 뒤를 따랐다.

"동굴이다!"

불빛 하나 들어오지 않는 동굴이었다.

"발 앞에 뭔가 있어!"

브리앙이 윌콕스가 가리키는 곳에 등불을 비췄다.

"자칼이야!"

바닥에 피투성이가 된 자칼이 쓰러져 죽어 있었다.

그러고 보니 동물의 비명 소리는 팬이 자칼과 싸우느라 울부짖는 소리였던 모양이었다.

"잘했어, 팬! 네가 해냈구나!"

소년들은 팬의 머리를 쓰다듬었다.

"자칼과 팬이 여기 들어왔다면 어딘가 입구가 있을 거야."

고든의 생각은 언제나 한 발 앞서 있었다. 브리앙은 등불로 긴 통로를 살피며 따라갔다.

예상했던 대로 호수 쪽 암벽 밑에 출입구가 나 있었다.

동굴 입구는 덤불 사이에 숨어 있었다.

"드디어 해냈다!"

브리앙이 소리쳤다.

새로 발견한 동굴은 먼젓번 동굴과 크기가 비슷했다.

소년들은 좁은 통로를 넓혀 두 동굴을 연결했다. 그런 다음 새로 발견한 동굴에 '홀'이라는 이름을 붙였다. 홀은 침실과 작업장, 그리고 공부방으로 사용하기로 했고, 먼젓번 동굴은 부엌, 식당 등으로 쓰기로 했다.

"넓은 홀도 생겼으니, 이제부터 공부를 해야겠어."

브리앙과 고든은 학생들을 1학년에서 5학년으로 나누고, 시간표도 만들었다. 그리고 체어먼 학교 학생이 아닌 모코는 2학년에 입학시키기로 했다.

열네 명 모두 모코의 입학을 찬성했다.

체어먼섬

이제 짐도 정리되었고, 따뜻한 동굴에서 살게 된 아이들은 한시름 놓았다. 불편한 것이 있기는 하지만, 그래도 스스로 홀을 넓혔다는 생각에 마음이 뿌듯했다.

긴 겨울을 보내려면 재미있는 일이 더 필요했다. 저녁을 먹고 난 뒤, 소년들은 이글이글 불꽃이 타는 난롯가에 둘러앉아 이런저런 이야기를 나누곤 했다.

어느 날, 섬의 중요한 곳에 이름을 붙이면 어떻겠느냐는 의견이 나왔다.

"그러면 부르기도 편하고, 서로 오해하는 일도 없을 것 같아. 난 대찬성이야!"

브리앙이 가장 먼저 찬성했다.

"그럼 아주 예쁜 이름을 붙여 주자."

이버슨이 맞장구를 쳤다.

소년들은 머리를 맞대고 온갖 상상력을 발휘했다. 각자 생각을 하느라, 동굴 안은 오랜만에 조용해졌다.

문득 도니판이 말했다.

"슬루기 호가 닿은 곳을 '슬루기만'이라고 불렀는데, 그대로 쓰는 게 어떨까?"

"좋아! 좋아!"

도니판의 의견에 모두 찬성했다.

"이 동굴은 우리보다 먼저 살았던 프랑스 사람 보두앵을 추모하는 뜻에서 '프랑스 동굴'이라 부르면 어떨까?"

브리앙이 고국 프랑스를 생각하며 말했다.

"그건 너무나 당연해! 찬성이야, 찬성!"

"그럼 슬루기만으로 흐르는 강 이름은?"

"우리나라를 떠올릴 수 있게 '뉴질랜드강'이라고 하자."

"찬성!"

"그럼 호수 이름은?"

가넷이 물었다.

"두고 온 가족을 잊지 않게 '가족 호수'라고 지으면 어때?"

"좋아. 찬성! 찬성이야."

도니판의 말에 모두들 박수를 쳤다.

소년들은 동굴 위로 길게 난 절벽에 '오클랜드 언덕'이라는 이름을 붙였다. 또 동쪽에 바다가 있다고 착각하게 했던 곳은 '실망의 만'이라 했다. 함정이 발견된 곳은 '함정의 숲', 슬루기만과 절벽 사이의 숲은 '늪숲', 징검다리가 있던 개울은 '징검다리 개울', 프랑스 동굴 앞의 들판은 운동을 하는 곳이니 그냥 '운동장'이라고 지었다.

보두앵의 지도에 표시되어 있는 이름 없는 곳들도 이름을 붙였다. 북쪽 끝은 '북곶', 남쪽 끝은 '남곶', 서쪽 끝 곶들은 '프랑스곶', '영국곶', '미국곶' 등의 이름을 붙였다.

"그럼 마지막으로 이 섬의 이름은 뭐라고 지을까?"

그러고 보니 가장 중요한 섬의 이름을 짓지 않았다.

"뭐라고 지으면 좋을까?"

"글쎄……, 의미 있는 이름을 지어야 할 텐데……."

섬 이름을 짓느라 얼굴이 상기된 소년들은 좋은 이름을 찾기 위해 생각을 거듭했다.

그때, 1학년인 어린 코스타가 말했다.

"내가 좋은 이름을 생각했어."

코스타의 말에 모두들 놀리며 한마디씩 했다.

"귀여운 코스타섬?"

"아기섬?"

다들 귀여운 코스타의 볼을 어루만지며 웃었다. 브리앙이 어수선한 분위기를 정리하며 말했다.

"그만! 코스타를 놀리지 말고 의견을 들어 보자. 분명히 좋은 생각일 거야."

브리앙의 말에 코스타가 벌떡 일어섰다.

"우리는 체어먼 학교 학생이니까 섬 이름은 '체어먼섬'이라고 부르면 어때?"

코스타의 말에 모두들 손뼉을 치며 좋아했다.

"찬성! 찬성!"

"코스타, 어떻게 그런 생각을 했어?"

"꼬마 코스타가 신통하기도 하지."

코스타는 형들의 칭찬을 듣자 싱글벙글했다. 이렇게 해서 섬 이름은 '체어먼섬'이 되었다.

"이제 섬 이름도 지었으니, 우리를 이끌 촌장을 뽑으면 어때?"

브리앙이 정중하게 제안했다.

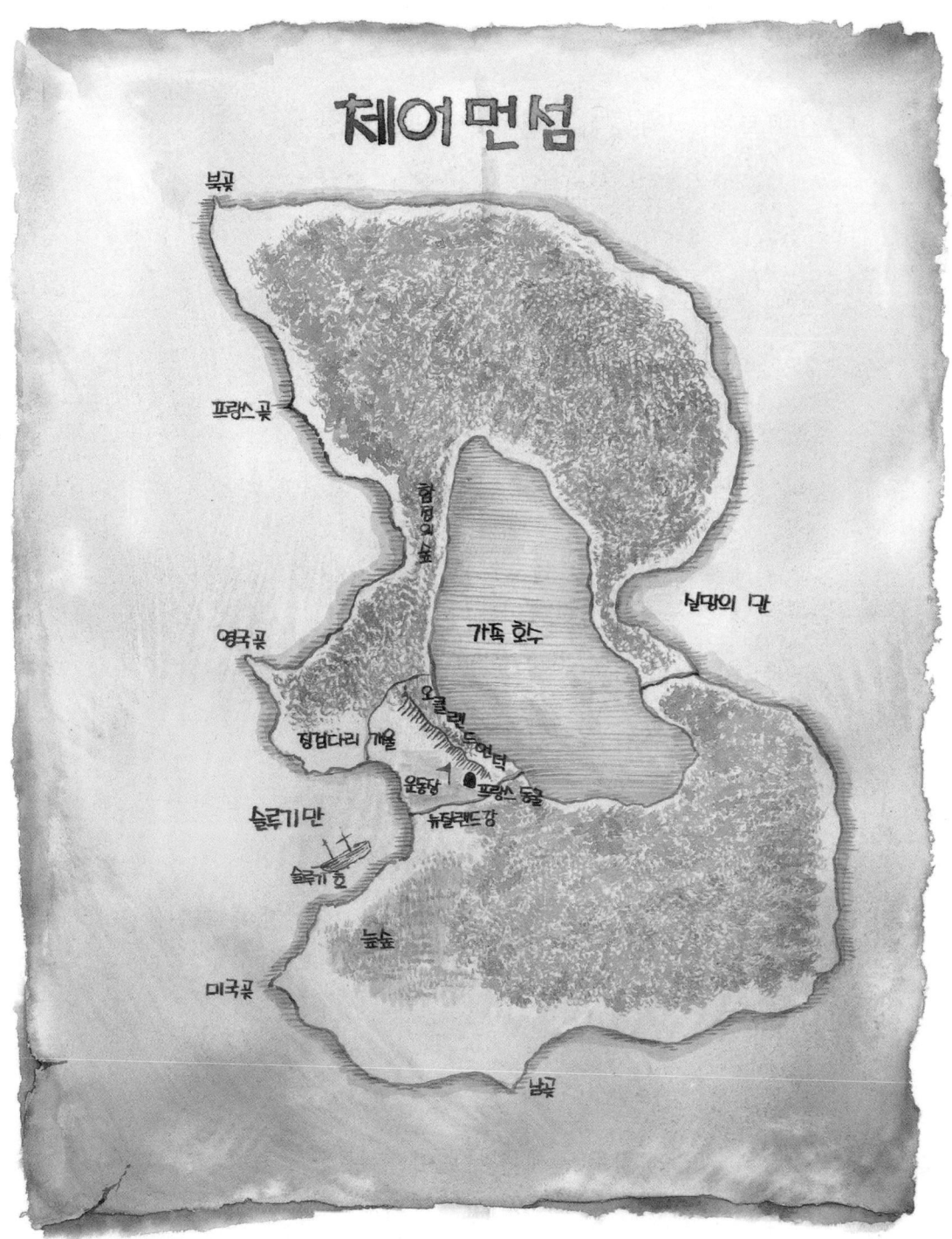

브리앙의 생각은 옳았다. 모두를 이끌어 나갈 지도자가 필요했다. 앞으로 이 섬에서 어떤 일이 일어날지 그건 아무도 몰랐다. 누구 한 사람에게 힘을 실어 주면 좀더 질서 있는 생활을 할 수 있을 것이었다.

"그래, 촌장을 뽑자!"

"우리 손으로 그런 사람을 뽑다니, 기분 좋은데!"

모두들 브리앙의 제안에 찬성했다.

"촌장을 뽑는 건 좋아. 그렇지만 반드시 임기를 정해야 해. 반 년으로 하든 1년으로 하든."

질투심 많은 도니판이 한마디했다.

"좋아! 그럼 누굴 뽑지?"

월콕스의 말에 도니판의 얼굴이 굳어졌다.

도니판은 자기의 경쟁자인 브리앙이 나설까 봐 은근히 부아가 났다. 그러나 그건 도니판의 착각이었다.

"우리 중에서 가장 지혜로운 고든, 고든이 촌장이 되면 어떨까?"

"브리앙 생각에 찬성이야."

"그래! 고든, 고든 촌장 만세!"

브리앙의 제안에 모두 만세를 부르며 '고든'을 외쳤다. 도니판은 남몰래 불뚝했던 마음을 놓았다.

갑작스러운 결정에 고든은 한동안 생각에 잠겼다.

'아이들에게 신임을 받고 있는 사람은 브리앙이야. 브리앙은 지도력도 있고 머리도 좋아. 그러나 브리앙이 촌장이 되면? 브리앙에게 경쟁심을 가진 도니판과 불화가 일어나겠지.'

고든은 모두를 위해 이 결정을 받아들이기로 마음먹었다.

"좋아. 힘들기는 하겠지만 하는 데까지 열심히 할게."

고든이 일어나 짤막하게 인사를 했다.

그렇게 해서 고든은 체어먼섬의 초대 촌장이 되었다. 촌장의 임기는 1년으로 정했다.

5월로 접어들면서 체어먼섬에도 본격적인 겨울이 닥쳐왔다. 따라서 10월 초순까지는 프랑스 동굴 안에 갇혀 살아야 했다. 그러려면 공부도 해야 했다.

고든은 프랑스 동굴로 가져온 책들을 살펴보았다. 얼마 안 되는 책으로 열다섯 명이 공부하기에는 부족했다. 그렇다고 공부를 포기할 수는 없었다. 고든은 브리앙에게 의견을 구했다.

"공부도 중요하지만 체력 단련도 중요해. 옷을 따뜻하게 입으면 겨울이라도 얼마든지 밖에 나가서 뛰어놀 수 있어."

브리앙은 겨울을 잘 견디려면 체력을 튼튼히 하는 일도 중요하다고 생각했다.

고든은 브리앙의 도움을 받아 체어먼섬의 규칙을 다음과 같이 만들었다.

두려운 일이라고 피하지 마라.

노력할 기회를 놓치지 마라.

하찮은 일이란 없다. 어떤 일에든 최선을 다해라.

이런 규칙은 정신을 튼튼하게 만드는 것들이었다. 고든은 모두에게 의견을 물은 후 이런 규칙도 만들었다.

매일 아침에 두 시간, 저녁에 두 시간 홀에서 다 같이 공부한다.

5학년인 브리앙, 도니판, 크로스, 백스터와 4학년인 윌콕스, 웹은

1, 2, 3학년 동생들을 돌아가면서 가르친다.

과목은 수학, 과학, 지리, 역사 등이며, 일주일에 두 번은 과학,

역사를 가르친다.

매일 달력의 숫자를 하나씩 지워 나간다. 정확한 시간을 알기 위해

시계의 태엽을 감아 줘야 하며, 온도계를 점검해야 한다.

프랑스 동굴에서 일어나는 일은 백스터가 기록한다.

촌장은 이 모든 일이 잘 지켜지고 있는지 감독한다.

그리고 일요일에는 가족 호수로 다 같이 소풍을 나가기도 했다. 운동장에서 달리기 시합을 열기도 했고, 저녁에는 종종 가넷이 아코디언을 연주했다. 음악회를 열어 합창을 하기도 했다.

6월, 어느 눈 내리는 날이었다.

1학년 동생들의 제안으로 운동장에 나가 눈싸움을 했다.

"아얏!"

눈싸움을 하는데 운동장에 서 있던 자크가 얼굴을 감싸며 비명을 질렀다. 크로스가 던진 눈덩이에 맞은 것이었다.

"일부러 그런 건 아니야."

크로스가 변명을 했다. 동생 자크의 비명을 듣고 달려온 브리앙이 크로스를 타일렀다.

"다치진 않았지만 너무 세게 던진 건 잘못이야."

"자크는 놀지도 않으면서 왜 여기 서 있는 거야?"

크로스가 따지듯 되물었다.

"크로스! 그래도 얼굴을 맞힌 건 잘못이야."

그런데 옆에 있던 도니판이 빈정거리듯 끼어들었다.

"그까짓 일이 무슨 큰일이라고 그러는 거야?"

"큰일은 아니지만 조심하라는 말이지."

"일부러 그런 것도 아닌고, 대체 크로스가 어쨌다고 자꾸 그러는 거냐?"

도니판이 화를 냈다.

"도니판! 너 왜 자꾸 참견이냐?"

참다 못한 브리앙이 허리에 손을 얹으며 대들었다.

"너, 나랑 싸워 보겠다는 거야, 브리앙?"

얼굴이 벌게진 도니판이 주먹을 쥐고 다가섰다. 금방이라도 주먹질이 오갈 것 같았다.

"도니판, 자크와 크로스 일인데 네가 왜 끼어들어 싸움을 거는 거니?"

마침 고든이 달려와 싸움을 말리자, 도니판은 고든과 브리앙을 번갈아 노려보더니 투덜대며 동굴로 들어가 버렸다.

도니판과 브리앙, 두 사람은 언제나 이런 식으로 경쟁자로서 맞붙었다.

"미안해, 소란을 일으켜서."

브리앙이 고든에게 사과했다.

"네 마음은 충분히 이해해. 말이 없는 동생 때문에 속상해 하고 있다는 거 알거든."

고든은 동굴로 가 버린 도니판이 걱정이었다. 도니판은 어떤 일에나 나서서 잘난 척을 했고, 툭하면 브리앙의 일에 끼어들어 시비를 걸었다.

겨울은 길고 길었다. 배에서 가져온 음식도 그리 넉넉하지 않았다. 고든은 그게 또 걱정이었다.

바다표범 사냥

"설탕 좀 아껴!"

코스타가 단 음식을 즐겨 먹는 걸 보자, 고든은 걱정이 되었다. 길고 긴 겨울을 넘기자면 설탕이 많이 필요한데, 지금 있는 것으로는 턱없이 부족했다.

"고든, 설탕은 꼭 필요하니까 설탕 대신 쓸 수 있는 것을 구할 수는 없을까?"

설탕을 아끼라는 말에 서비스가 엉뚱한 생각을 해냈다. 고든의 잔소리가 아니었다면 서비스는 그런 생각을 아마도 하지 못했을 것이다.

"서비스, 설탕 대신 쓸 걸 구할 수 없냐고 했니?"

"응, 우리 숲에 나가서 찾아보자!"

서비스의 말에 제일 놀란 건 코스타였다.

"서비스, 돌았어? 숲에 가서 설탕을 찾아보자고?"

"그래. 로빈슨 크루소의 책에 보면 설탕을 만드는 설탕 나무가 있댔어."

서비스는 코스타를 데리고 밖으로 나갔다.

물론 고든도 뒤따랐다. 이리저리 숲을 돌아다니다가 여러 그루의 나무가 자라고 있는 것을 발견했다.

"이게 단풍나무야."

고든이 마른 단풍나무를 가리켰다.

"고든, 지금 우린 단풍나무가 아니라 설탕 나무를 찾고 있어."

이 말을 듣고 고든이 놀리듯 서비스를 바라보았다.

"서비스, 단풍나무로 설탕을 만든다는 건 몰랐지?"

"단풍나무로 설탕을 만든다고?"

"그래. 칼로 나무 껍질을 자르면 물이 나오는데, 그게 굳으면 단맛을 내지."

고든은 언제나 아는 게 많았다.

"정말? 그런데 그걸 왜 이제 말하는 거야?"

"서비스, 네 덕분에 갑자기 생각난 거야."

"고든 말이 사실이라면 사탕수수나 사탕무보다는 덜 달겠지만 요리하는 데는 문제 없을 거야."

서비스가 요리사답게 말했다.

이렇게 해서 소년들은 설탕을 보충했다. 이것은 프랑스 동굴 생활 이래 커다란 발견이었다.

"설탕을 확보했으니, 맛술도 만들었으면 좋겠어."

고든은 서비스에게 음식을 달게 만드는 맛술을 생각해 내고는 부탁했다.

"좋아. 따뜻한 음식을 달게 만드는 데는 맛술이 제격이지."

고든의 말이 떨어지자, 서비스는 알가로브의 씨앗과 차나무 잎을 따 왔다. 그것을 절구통에 넣어 절굿공이로 으깨었다. 그러자 알코올 성분의 즙이 나왔다.

"우리 손으로 맛술을 만들다니!"

서비스를 도와주던 모코가 감격해서 말했다.

설탕과 술은 쓰고 남을 정도는 아니지만 필요한 만큼 만들 수 있게 되었다.

강 위쪽에서는 나무 끝에 쳐 둔 그물로 자고새와 흑기러기를, 숲에서는 토끼와 족제비 등을 잡았다. 그리고 가족 호수에서는 송어를 잡고, 바다에서는 대구와 연어를 잡아 소금에 절였다.

"새나 짐승들은 활로 사냥하는 게 어떨까?"

고든은 도니판에게 탄약을 함부로 쓰지 말라고 당부하면서 제안했다.

"탄약을 아끼는 건 좋지만, 여우와 자칼은 잡아야 해."

도니판의 말에 고든이 대꾸했다.

"함정을 이용하면 안 될까?"

"꾀 많은 여우를 함정에 빠뜨려 잡으라고?"

도니판은 고든의 말을 무시했다.

"총을 쓸 일이 생기더라도 탄약은 아끼라는 말이야."

그날 밤이었다. 도니판, 브리앙, 윌콕스, 백스터, 웹, 크로스 등은 여우를 사냥하러 호수 쪽 들판으로 갔다.

열한 시가 되었다. 도니판 일행은 들판 가장자리 덤불 속에 숨었다. 사방은 너무 조용하여 바람 소리조차 안 들렸다. 마른 풀 위로 여우들이 스쳐 지나가기만 해도 다 들릴 정도였다.

소년들은 여우들이 지나갈 들판만 응시하고 있었다.

"조용히!"

도니판이 뚫어져라 어둠 속을 노려보았다.

"여우니?"

백스터의 목소리가 떨렸다.

"목을 축이러 호수로 가고 있어."

"한 스무 마리 정도 모일 때까지 기다려 보자!"

브리앙이 낮게 말했다.

사냥꾼들은 초조함을 참으며 기다렸다. 시간이 꽤 걸렸다. 여우는 눈치가 빠르고 조심성도 많은 동물이라, 손아귀에 들어올 때까지 침착하게 기다려야 했다.

'탕!'

도니판이 총을 쏘아 신호를 했다. 순간적으로 여러 발의 총소리가 동시에 울렸다.

"모두 명중이다!"

총에 맞은 여우들이 껑충껑충 뛰어오르다 픽픽 쓰러졌다. 나머지 녀석들은 뿔뿔이 사방으로 달아났다.

사흘 동안 여우 소탕 작전이 벌어졌다. 그래서 가축들을 위협하고 사람들도 위협하는 여우들을 모두 몰아낼 수 있었다.

"은회색 여우 털로 옷을 만들면 추운 겨울을 따뜻하게 보낼 수 있어."

고든이 흐뭇해 했다.

여우 털로 옷도 만들고 담요도 만들었다. 그러나 고든의 걱정은 끝이 없었다.

"설탕도 얻고, 술도 만들고, 여우 사냥을 해서 털옷도 얻었지만, 그래도 부족한 게 있어."

"그게 뭔데? 식량?"

백스터가 물었다.

"식량도 식량이지만 불을 밝힐 기름이 걱정이야."

"보두앵이 만든 건?"

"거의 바닥났어. 그러니 머지않아 불 없이 깜깜하게 살게 될지 몰라."

"기름은 뭘로 만들지?"

윌콕스가 다시 물었다.

"바다표범. 그 기름으로 양초를 만들 수 있어. 바다표범은 슬루기만에 가면 얼마든지 사냥할 수 있는데."

"내 총 솜씨를 다시 한 번 보여 줄 때가 왔구나."

서비스의 말에 도니판이 어깨를 으쓱했다.

"바다표범 사냥엔 사람이 많을수록 좋으니까, 모두 함께 가자!"

고든의 말에 동굴 안에 갇혀 지내던 동생들이 손뼉을 치며 좋아했다. 사냥이나 탐험에서 어린 동생들은 늘 제외되었기 때문에 좋아하는 건 당연했다.

12월 15일, 열다섯 명의 소년들은 슬루기만을 향해 길을 떠났다. 어린 동생들은 뛸 듯이 기뻐하며 형들의 뒤를 따랐다.

"수레는 서비스와 가넷이 몰도록 해."

고든은 낙타와 비슷한 과나코 두 마리를 훈련시킨 서비스와 가넷에게 수레를 부탁했다. 바다표범 기름을 실어 오려면 수레가 필요했다. 과나코는 이런 날 아주 요긴하게 쓰였다.

수레에는 커다란 냄비와 빈 통 여섯 개를 실었다.

"브리앙, 우리 좀 수레에 태워 주면 안 될까?"

수레 뒤를 따라 즐겁게 걷던 아이들 중에서 도울과 코스타가 부탁했다.

"그래, 너희는 타도 좋겠다. 아직 어리니까. 내가 고든에게 부탁해 볼게."

도울과 코스타는 어리고, 무엇보다 다리가 짧았다.

브리앙의 부탁에 고든도 기꺼이 승낙했다.

열 시가 조금 지났을 때였다. 슬루기만의 바위 사이로 검은 물체들이 왔다 갔다 했다.

"저길 봐! 바다표범이야!"

앞서 가던 일행 중 누군가가 소리쳤다.

"아기들처럼 엉금엉금 기어가고 있어!"

"백 마리도 넘겠다!"

그때, 브리앙이 소리쳤다.

"모두 엎드려! 우릴 보면 놀라서 달아날 수도 있어!"

모두들 재빨리 길 위에 엎드렸다. 그러나 바다표범들은 사람을 처음 보는지 달아날 생각을 하지 않았다. 고든, 브리앙, 도니판, 크로스 등은 총을 쏠 준비를 했다. 이버슨, 젠킨스, 자크 등은 안전하게 강가 둑에 엎드려 지켜보았다.

"브리앙, 너는 고든과 함께 표범들이 바다로 도망가지 못하게 길을 막아!"

"알았어."

총을 든 도니판이 이 일을 지휘했다.

"자, 나머지는 나와 함께 바다표범을 포위하는 거야."

도니판의 말에 모두들 재빨리 움직였다.

도니판은 아이들과 천천히 바다표범을 향해 한 걸음 한 걸음 옮겨 거리를 좁혀 나갔다.

강가에 숨어 엿보는 아이들은 숨을 죽였다. 그때 도니판이 오른손을 번쩍 들어 신호를 보냈고, 그와 동시에 총소리가 요란하게 울려 댔다.

"우우우! 우우우!"

바다표범을 에워싼 아이들은 바다표범이 달아나지 못하게 소리를 질러 댔다.

갑작스런 소리에 놀란 바다표범들은 지느러미를 흔들며 바다 쪽으로 도망을 갔다.

'첨벙첨벙!'

바다에 뛰어든 바다표범들은 이내 물속으로 모습을 감췄다. 그렇지만 미처 달아나지 못한 바다표범들은 아이들이 쏜 총에 쓰러졌다. 한 마리, 두 마리, 세 마리……, 언뜻 보기에도 십여 마리는 되었다.

"그만!"

도니판이 다시 손을 번쩍 들었다.

바다표범 사냥은 단 몇 분 만에 끝이 났다.

"이만하면 충분해!"

도니판이 흐뭇한 듯 총을 내려놓았다.

"자, 이제부터 물을 끓여 기름을 만들자."

브리앙이 재촉했다.

모코는 큰 돌 두 개를 옮겨 놓고 불을 피운 뒤, 그 위에 커다란 냄비를 얹었다. 그러고는 바다표범을 크게 한 덩이씩 잘라서 냄비에 넣었다.

"기름이 뜨기 시작한다!"

모코가 펄펄 끓는 물 위에 둥둥 뜨는 기름을 저었다.

"아이고, 냄새!"

"방귀 냄새보다 더 독하다!"

어린아이들은 바다표범 끓이는 냄새에 코를 쥐고 달아났

다. 냄새는 지독했지만 둥둥 뜨는 기름을 보면서 소
년들은 기분이 좋아 신이 났다. 모코와 고든은 냄비
에 뜬 기름을 떠서 빈 통에 옮겨 담았다.

다음 날도 기름 만드는 일은 계속되었고, 이틀 동안 얻은 기름의 양은 뜻밖에도 제법 많았다.

"수백 리터는 될 것 같아."

고든이 흐뭇한 얼굴로 바다표범 기름을 내려다보았다.

"이 정도면 겨울 내내 등불을 밝힐 수 있겠어."

"도니판, 네 공이 컸다."

브리앙은 도니판의 어깨를 툭 치며 싱긋 웃어 보였다.

"뭘!"

도니판도 웃었다.

"자, 모두들 동굴로 돌아가자!"

고든은 벌써부터 서두르기 시작했다. 올 때도 갈 때와 마찬가지로 과나코가 수레를 끌었고, 소년들은 그 뒤를 따라 걸었다.

그해 겨울, 체어먼섬에도 크리스마스가 찾아왔다.

소년들은 따뜻한 여우 털을 바닥에 깔았고, 바다표범 기름으로 등불을 환하게 밝혔으며, 단풍나무로 만든 설탕을 넣어 맛있는 요리를 만들어 먹었다. 손수 음식을 만들어 먹으며 보낸 크리스마스는 어느 해보다 즐겁고 기뻤다.

'어쩌면 도니판의 말대로 동쪽 끝까지 가면 육지가 이어져 있을

지도 몰라.'

브리앙은 늘 그 생각을 지우지 못하고 있었다.

동쪽으로 가 보겠다는 브리앙의 뜻이 받아들여졌다. 그래서 고든과 모코, 도니판, 브리앙과 브리앙의 동생 자크, 이렇게 다섯 명이 동쪽을 향해 길을 떠났다.

브리앙은 특히 동생 자크를 꼭 데리고 가고 싶었다. 이 섬에 온 뒤 자크는 의욕도 없고 말수도 눈에 띄게 줄었다.

"자크의 상태가 점점 안 좋아지는 것 같아. 뭔가 풀이 죽을 만한 일이 분명히 있는 것 같은데, 절대 말을 안 하려고 하니……."

"이번에 서로 마음을 터놓고 얘기해 봐."

고든이 브리앙을 위로했다.

가족 호수를 건너 동쪽 끝에 다다랐다. 사방을 둘러보아도 보이는 건 바다뿐이었다.

일행은 결국 허탈하게 돌아섰다. 돌아올 때는 바다 멀리 떠 있던 하얀 점에 대한 이야기를 주고받았다.

"그 하얀 점은 섬일지도 몰라."

"아니야, 구름이야."

일행은 곰바위 위에서 본 동쪽 먼 바다에 대해 이야기했다.

바위 숲에서 잠깐 쉬고 있을 때였다. 모코가 소변을 보러 숲으로 들어갔다가 우연히, 숲에서 소곤거리는 말소리를 들었다.

목소리의 주인공은 브리앙 형제였다. 숲 사이로 보니 자크가 브리앙 앞에 무릎을 꿇고 있었다. 마치 애원하며 용서를 비는 것 같았다.

모코는 순간 몸을 움츠렸다. 형제의 이야기를 엿듣는다는 게 마음에 걸렸다. 그러나 돌아서려니 발소리 때문에 두 사람에게 방해가 될 것 같았다.

"딱한 녀석! 어떻게 네가……, 네가 그런 짓을 저지르다니! 너 때문이라니!"

"용서해 줘, 형! 용서해 줘!"

"그래서 네가 그렇게 풀이 죽어서 지냈구나! 그래도 아이들이 알면 절대 안 돼! 한마디도 해선 안 돼! 누구한테도!"

브리앙은 단단히 주의를 주었다.

모코는 이 이야기를 엿들은 것을 크게 후회했다. 간신히 그 자리를 벗어났지만 너무 마음이 아팠다.

가족 호수를 건너려고 보트로 다가갈 때, 모코는 브리앙에게 용서를 구했다.

"브리앙, 자크와 숲에서 하는 얘길 들었어. 미안해."

"우리 얘기를 들었다고?"

브리앙이 놀란 눈으로 되물었다.

"일부러 엿들으려던 건 아니야. 오줌 누러 갔다가 우연히……."

브리앙은 알겠다는 듯 고개를 끄덕이며 물었다.

"다른 애들도 자크를 용서해 줄까?"

"그럴 거야. 하지만 다른 아이들은 모르는 게 좋겠어. 나도 입을
다물고 있을게."

"모코, 고마워!"

"고맙기는……. 걱정 마."

브리앙은 모코의 손을 꽉 잡았다.

가족 호수를 다 건널 때까지 자크는 말이 없었다. 비밀을 털어놓
고 나니 진이 다 빠진 게 틀림없었다.

촌장 선거와 스케이트

또다시 4월이 왔다.

4월 25일 오후, 그날은 운동장에서 코이츠 놀이를 하기로 했다.

코이츠 놀이란 두 말뚝에 두 개의 쇠고리를 연달아 던지는 놀이다. 말뚝과 말뚝 사이는 15미터이고, 한 자리에 서서 연달아 두 개의 고리를 각각의 말뚝에 던져, 둘 중 하나에 걸리면 2점, 둘 다 걸리면 4점이다.

도니판, 웹, 윌콕스, 크로스가 한 팀이 되었고, 브리앙, 백스터, 가넷, 서비스가 한 팀이 되었다.

두 팀의 실력은 팽팽했다. 그래서 처음부터 열기가 대단했다.

"우리 브리앙 팀이 이길 거야."

가넷이 두 손을 번쩍 들고 소리쳤다.

"천만에! 도니판이 있는 한 너희를 이기고 말 거야."

도니판 팀의 윌콕스가 야유했다. 경기는 자존심 대결과도 같은 것이었다.

경기가 끝나 갈 무렵이었다. 첫 번째 경기에서 브리앙 팀이 이겼고, 두 번째 경기에서는 도니판 팀이 이겼다. 결국 두 팀은 결승전을 해야 했다. 양 팀은 똑같이 5점을 얻었고, 던질 고리도 두 개밖에 남지 않았다.

"도니판, 네가 던질 차례야."

웹이 고리를 집어 도니판에게 건넸다.

"쟤들 코를 납작하게 해 줘야 해!"

윌콕스도 거들었다.

도니판은 고리 두 개를 들고 던질 자세를 취했다. 찌푸린 눈썹 밑의 눈빛이 번쩍 빛났다. 도니판은 고리를 앞뒤로 흔들더니 휙 던졌다.

다들 숨을 멈추었다.

"앗! 저런!"

윌콕스가 비명을 질렀다. 도니판이 던진 고리가 말뚝을 건드리고는 땅바닥에 떨어졌던 것이다.

"젠장! 안 들어갈 게 뭐야!"

도니판은 자기 성질을 이기지 못하고 발로 땅을 걷어찼다.

"걱정 마! 브리앙도 못 넣을 거야."

크로스가 달래듯 말했다. 그러는 사이 브리앙이 고리를 들고 던질 자세를 취했다.

"잘 던져! 잘 던져!"

서비스가 나직한 목소리로 응원했다.

브리앙은 도니판의 기분을 상하게 할까 봐 아무 대답도 하지 않았다. 하지만 자신보다 팀을 위해 이겨야겠다는 생각을 하면서 자세를 바로잡고 고리를 던졌다. 고리가 휙 날아가 말뚝을 타고 쏙 들어갔다.

"야, 이겼다! 이겼어!"

서비스는 참지 못하고 깡충깡충 뛰었다.

붉으락푸르락하던 도니판이 서비스를 밀치며 나섰다.

"너희가 이긴 게 아니야! 아직 일러!"

"왜?"

백스터가 물었다.

"브리앙이 속임수를 썼거든!"

"뭐, 속임수?"

브리앙이 새하얘진 얼굴로 물었다.

"발을 금 위에 놓지 않았어."

"말도 안 돼!"

서비스가 소리쳤다.

"그래, 말도 안 돼! 혹시 내가 금을 안 밟았다고 하더라도 그건 실수일 뿐이야. 나한테 속임수를 썼다고 하는 말은 절대 참을 수 없어!"

"싸우자는 거니, 브리앙?"

도니판이 주먹을 움켜쥐었다. 이미 도니판은 흥분해 있었다.

"여기 이 금 위에 찍힌 발자국을 봐. 거짓말을 하는 건 내가 아니고 도니판, 너야."

"내가 거짓말을 했다고?"

도니판이 대뜸 어깨에 힘을 주며 브리앙 앞으로 다가갔다. 그리고는 겉옷을 휙 벗고 손목에 손수건을 감았다. 당장 싸움을 할 자세였다. 이미 도니판은 흥분해서 이성을 잃었다.

"이런 일로 싸움까지 걸겠다는 거니?"

브리앙이 한 발 물러섰다.

"이 프랑스 겁쟁이야! 내가 그렇게 무섭냐?"

"겁쟁이라고! 내가?"

"프랑스 사람은 비겁해!"

프랑스라는 말을 들먹이자, 브리앙도 참지 못했다. 소매를 걷어붙이고 주먹을 쥐었다.

두 사람이 주먹을 날리며 막 싸우려고 할 때였다. 도울의 연락을 받고 달려온 고든이 중간에 끼어들었다.

"그만! 싸움을 멈춰!"

그 바람에 도니판과 브리앙이 한 걸음씩 뒤로 물러섰다.

"도니판! 너무 주먹을 믿지 마. 싸움을 거는 건 옳지 않아!"

고든이 촌장답게 엄하게 말했다.

"고든의 말이 맞아!"

웹, 윌콕스, 크로스만 빼고 둘러섰던 아이들이 소리쳤다.

"그래, 고든 너도 역시 한패였구나!"

도니판은 고든을 노려보다 동굴 쪽으로 휙 걸어갔다.

그 뒤를 웹, 윌콕스, 크로스가 따랐다. 그러나 다행히 그날 이후 아무 문제도 생기지 않았다.

다시 겨울이 가까워 오자, 체어먼섬으로 날아왔던 제비들이 돌아가기 시작했다. 브리앙은 제비들의 발목에 천을 감았다.

"뭐 하는 거니?"

고든이 다가와서 물었다.

"우리를 구조해 달라는 편지야."

"역시 너답구나!"

고든은 브리앙의 마음이 너무도 고마웠다. 그는 속으로 브리앙 같은 사람이 촌장이 되어야 한다고 생각했다.

"브리앙!"

"고든, 무슨 걱정이라도 있어?"

"이번 촌장 선거 말이야."

어느새 6월 10일이면 고든의 임기도 끝나게 되었다.

"우리를 잘 이끌어 줄 촌장이 뽑혀야 하는데……."

"글쎄 말이야."

"정말 우리의 앞날을 걱정하는 사람이 뽑혀야 하는데, 넌 어떻게 생각하니?"

브리앙도 이 일을 전혀 생각하지 않은 건 아니었다.

"브리앙, 선거에 나와 볼 생각 없니?"

고든이 어렵게 말을 꺼냈다.

브리앙은 고개를 저었다. 우선 도니판의 마음을 자기 쪽으로 돌려놓기 힘들 것 같았다. 그리고 무엇보다 자신은 프랑스 사람이고, 대부분 영국 사람이라는 것이 마음에 걸렸다.

　　한편, 도니판은 이번 선거에 이길 자신이 있었다.

　　그는 무엇보다 영국 사람이었고, 누구보다도 머리가 좋았고, 용감하다고 생각했다. 그러나 오만하다는 것과 질투심이 많은 것은 큰 문제였다.

　　"도니판, 걱정 없어. 이번 선거에 네가 촌장이 되는 건 불을 보듯 뻔한 일이야."

　　윌콕스도 도니판을 부추겼다.

　　"우리만 찍어도 벌써 3표야."

윌콕스, 웹, 크로스는 서로 바라보며 싱긋 웃었다.

드디어 6월 10일이 되었다. 투표는 오후에 할 예정이었다.

투표를 하기 전에 고든이 말했다.

"우리의 앞날을 생각하고, 무엇보다도 무사히 집으로 돌아갈 수 있도록 노력하는 사람이 촌장에 뽑혔으면 좋겠어. 모두들 투표지에 뽑고 싶은 사람의 이름을 적어 내면 돼. 표를 가장 많이 얻은 사람이 촌장이 되는 거야. 모코는 흑인이라 선거를 못 하게 되어서 미안해."

고든의 말이 끝나자 바로 투표를 했다.

투표는 엄숙한 가운데 진행되었다. 소년들은 고든의 말대로 자신들의 앞날을 위해 노력할 만한 사람에게 표를 던졌다.

투표가 끝나고 선거 결과가 나왔다.

브리앙 - 8표   도니판 - 3표   고든 - 1표

고든과 도니판은 투표에 참여하지 않았다.

"아니, 세상에 이럴 수가!"

투표 결과가 나오자, 도니판은 크게 실망했다. 그의 두 눈에는 분노의 불길이 이글이글 타올랐다.

"브리앙이 체어먼섬의 2대 촌장이 됐다. 브리앙, 축하해!"

고든의 말에 모두 손뼉을 쳤다.

"브리앙, 촌장이 된 걸 축하해!"

"우리처럼 어린아이들을 잘 보살펴 줘."

어린 동생들도 한마디씩 했다.

"새 촌장의 인사말을 듣고 싶다!"

고든이 브리앙에게 인사말을 청했다.

브리앙은 뜻밖의 일에 당황하여 정중하게 사양하려고 했다. 그러나 무슨 생각이 났는지, 자신의 동생 자크를 물끄러미 바라보더니 일어섰다.

"고마워, 친구들. 노력해 볼게."

선거에서 진 도니판을 의식해서인지 브리앙은 인사말을 짧게 전했다.

뉴질랜드에서 체어먼섬으로 표류해 오는 동안, 브리앙은 위험한 일이나 힘든 일에 늘 앞장섰다. 비록 국적은 달랐지만 모두 브리앙을 좋아했고, 특히 어린아이들이 더 좋아했다. 그건 브리앙이 귀찮아하지 않고 열심히 어린아이들을 돌봐 주었기 때문이다.

자크는 자기 형이 촌장을 맡기로 한 데에 놀랐다.

"형, 정말로 할 거야?"

"그래, 네 잘못을 사죄하기 위해서라도 지금까지 해 온 것보다 더 많은 일을 하고 싶어."

"고마워, 형! 내게도 일을 시켜 줘."

7월이 다가오자, 강이 얼어붙기 시작했다.

도니판 패는 여전히 자기들끼리만 어울려 지냈다. 식사 시간이나 밤에도 자기들끼리 소곤대곤 했다, 무슨 나쁜 일을 계획하고 있는 것처럼.

날씨가 추워서 밖에 나가기 어려워지자, 브리앙은 실내에서 활동하도록 했다. 주로 1학년 아이들이 함께할 수 있는 활동을 했다.

우선 소리 내어 책을 읽었다. 서비스는 『로빈슨 이야기』를 아주 잘 읽었다. 가넷은 아코디언을 연주했고, 다른 아이들은 어릴 때 불렀던 노래를 합창했다.

"내일은 가족 호수에 나가서 스케이트를 타자."

브리앙은 아이들이 건강을 잃을까 봐 늘 걱정했다.

"야호!"

"브리앙 촌장 만세!"

아이들은 스케이트를 타자는 말에 만세를 불렀다.

"스케이트는 어디 있는데?"

도울이 물었다.

"이미 준비해 뒀지. 걱정 마."

브리앙이 자신 있게 말했다.

스케이트를 만든 사람은 백스터였다. 백스터는 나무 밑창에 쇠 날을 달아 스케이트를 몇 벌 미리 만들어 두었다.

다음 날 아침 열한 시쯤 되자, 소년들은 가족 호수의 얼음판으로 달려 나갔다.

스케이트를 타기엔 얼음이 너무나 깨끗하고 매끄러웠다. 모두들 백스터가 나누어 준 스케이트를 신었다.

브리앙은 스케이트를 타기 전에 신이 나 들떠 있는 아이들을 모아 놓고 말했다.

"멀리 가지 말고 가까운 데서 놀았으면 좋겠어. 고든과 나는 이곳에 있을게. 만에 하나 멀리까지 가더라도 이 뿔나팔을 불면 여기로 바로 모여."

브리앙의 말이 끝나기 무섭게 아이들은 스케이트를 탔다. 처음엔 엉덩방아를 찧거나 미끄러졌다. 그런 모습을 보고 오랜만에 실컷 웃었다.

"크로스! 저기 오리 좀 봐. 잡으러 가자."

도니판은 호수 먼 곳에 날아와 앉은 오리 떼를 가리켰다.

"브리앙이 멀리 가지 말랬잖아."

"브리앙 타령 좀 그만 해! 내게는 총이 있어. 총이 있으니까 걱정 없어."

"그렇다면 가자!"

도니판과 크로스는 스케이트를 타고 오리 떼를 향해 나갔다.

"쟤들은 어디로 가는 거지?"

브리앙이 놀라서 물었다.

"저쪽에 사냥감이라도 있나 보지, 뭐. 사냥꾼의 본능이 솟아오르나 봐."

고든이 안심시키려고 태연하게 말했다.

도니판과 크로스는 스케이트를 달려 수평선 너머로 점차 멀어져 갔다. 해가 지려면 아직 몇 시간 더 있어야 했다. 돌아올 시간은 충분했다.

하지만 분명히 이건 경솔한 짓이었다. 왜냐하면 추운 계절에는 날씨가 갑작스레 변하기 때문이었다.

오후 두 시가 되자 갑자기 안개가 몰려왔다. 짙은 안개는 호수의 서쪽 연안을 완전히 덮어 버렸다. 수평선도 순식간에 안개 속에 묻혔다.

"도니판과 크로스가 길을 잃으면 어쩌지?"

브리앙이 걱정스러운 얼굴로 몰려오는 안개를 바라보았다.

"브리앙, 뿔나팔을 부는 게 어때?"

고든이 들고 있던 뿔나팔을 내밀었다.

'뿌우, 뿌우우우······.'

뿔나팔의 우렁찬 소리가 안개를 뚫고 멀리 퍼져 나갔다. 브리앙은 숨을 들이마시고 세 번 연거푸 뿔나팔을 불었다.

"총을 가져갔으니 총소리로 대답을 할 텐데······."

그들은 귀를 쫑긋 세우고 기다렸다. 그러나 아무 소리도 들리지 않았다.

그동안 안개는 점점 더 짙어지면서 아이들이 노는 데까지 몰려왔다. 이러다간 호수가 안개 속에 사라질 판이었다.

브리앙은 가까운 데서 스케이트를 타는 아이들을 불러 모았다.

"어떻게 하려고?"

고든이 걱정스레 물었다.

"우리 중에 누가 이 뿔나팔을 가지고 그 아이들을 찾으러 가야 할 것 같아."

"형, 내가 갈게."

브리앙의 말을 듣고 자크가 맨 먼저 나섰다.

"그래, 자크 네가 가라. 이 뿔나팔 가지고 가."

브리앙은 자크의 스케이트 실력을 믿었다. 자크는 어렸을 때부터 스케이트를 잘 탔다.

"이걸로 그 아이들에게 신호를 보내. 그 아이들이 네가 있는 곳을 알아차리는 데도 도움이 될 거야."

"알았어. 형!"

자크는 뿔나팔을 메고 도니판과 크로스가 사라진 쪽으로 서둘러 달려갔다.

수평선까지 갔을 시간인데도 아무 소식이 없었다.

"어두워지기 전에는 돌아와야 할 텐데……."

브리앙은 태연한 척했지만 속이 탔다. 그때 곁에 서 있던 서비스가 이마를 치며 소리쳤다.

"대포를 쏘아 보자. 대포 소리를 듣고 이쪽으로 돌아오게."

"그래. 방향을 잃었을지도 모르니까."

브리앙은 서비스의 생각에 다시 살아난 듯 기뻐했다.

"대포를 가져와서 쏘아 보자!"

대포는 슬루기 호에서 가져와 프랑스 동굴에 보관하고 있었다. 모두들 동굴로 달려가 대포를 옮겨 왔다.

시간은 벌써 세 시 반이었다. 해가 오클랜드 언덕 뒤쪽으로 기울고 있었다. 그와 동시에 안개도 점점 짙어져만 갔다.

"더 늦기 전에 신호를 보내는 게 좋겠어."

브리앙이 신호용 포탄을 채우는 백스터를 바라보았다. 백스터가 불을 켜 대포에 붙였다. 호수에 둘러섰던 아이들이 모두 귀를 막았다.

'쾅!'

대포를 쏘아 올렸다. 대포 소리는 웅장한 소리를 내며 멀리멀리 날아갔다.

모두 안개 속을 향해 귀를 기울였지만 아무 대답도 없었다. 소년 들은 10분 간격으로 계속 대포를 쏘았다.

다섯 시 가까이 되었을까, 그제야 북동쪽에서 두 차례의 총소리 가 또렷하게 들려왔다.

"도니판이다!"

서비스가 소리쳤다.

잠시 후, 안개 속에서 두 사람의 그림자가 나타났다.

"만세! 만세!"

"이제야 살았다!"

도니판과 크로스였다. 그런데 자크가 없었다.

브리앙은 잠시 눈을 감고 괴로워했다. 자크는 도니판과 크로스 를 못 만난 게 분명했다.

두 아이는 자크의 뿔나팔 소리를 듣지 못했다고 했다. 그렇다면 자크는 안개 속에서 방향을 잃은 채 헤매고 있을 것이었다.

"내가 자크 대신 갔어야 했는데……."

브리앙은 걱정이 이만저만이 아니었다.

늦은 오후가 되면서 날씨가 점점 추워졌다.

"자크는 영리하니까 어떻게든 돌아올 거야."

고든이 브리앙을 위로했다. 그러면서 몇 번이나 대포를 더 쏘았다. 그래도 대답이 없었다.

"불을 피워서 신호를 보내자."

걱정하고 있던 윌콕스와 백스터, 서비스가 마른 나뭇가지를 가져와 불을 놓으려 할 때였다.

"가만있어 봐."

고든이 망원경을 들고 북동쪽을 살폈다.

"저 멀리 무슨 점 같은 게 보여. 움직이고 있어!"

브리앙이 얼른 망원경을 빼앗아 들고 들여다보았다.

"자크다! 자크가 분명해!"

드디어 점처럼 작은 자크가 저 멀리에서 어렴풋이 나타났다. 자크는 빠른 속도로 얼음 위를 달려오고 있었다. 몇 분만 있으면 아주 가까이 올 것 같았다.

그때, 백스터가 갑자기 놀란 듯이 소리쳤다.

"혼자가 아닌 것 같아!"

자세히 보니 정말로 자크 뒤에 점 두 개가 따라오고 있었다.

"자크 뒤를 따라오는 게 뭘까?"

고든이 걱정스러운 얼굴로 물었다.

"사람인가?"

백스터가 고개를 갸웃거리며 대답했다.

"아냐, 짐승 같은데……."

윌콕스가 약간 두려운 목소리로 말했다. 그러자 도니판이 다급하게 소리쳤다.

"맹수들이야!"

도니판의 눈은 정확했다.

도니판은 머뭇거릴 겨를도 없이 총을 들고 자크를 향해 쏜살같이 달려나갔다. 자크를 마중 나간 도니판이 짐승들을 향해 총을 겨누었다.

'탕! 탕!'

뒤쫓아 오던 짐승 두 마리가 총소리를 듣자 놀라서 헐레벌떡 줄행랑쳤다.

자크를 쫓아온 건 곰 두 마리였다. 체어먼섬에 곰이 사는 줄은 아무도 몰랐다.

"형!"

자크가 헐떡이며 브리앙 앞에 섰다.

"무사히 돌아왔구나!"

브리앙은 자크를 품에 꼭 안았다.

이 광경을 지켜보던 소년들은 모두 안도의 숨과 함께 박수를 보냈다.

"고마워, 형! 날 보내 줘서……."

브리앙은 아무 말도 하지 않고 자크의 손을 잡았다. 그리고 동굴 안으로 들어가려는 도니판을 불렀다.

"도니판, 멀리 가지 말라고 했잖아. 규율을 어기면 엄청난 불행을 당할 수도 있어. 네가 잘못하긴 했지만, 자크를 구해 줘서 정말 고맙다."

브리앙은 도니판에게 악수를 청했다.

"내 의무를 다한 것뿐이야."

도니판은 끝내 악수를 거절했다.

떠나간 도니판

프랑스 동굴에서 보낸 두 번째 겨울이 거의 끝나 가고 있었다.

그때까지도 브리앙과 도니판은 줄곧 사이가 좋지 않았다. 촌장 선거에서 졌다는 이유로 속이 뒤틀린 도니판은 브리앙의 말을 잘 듣지 않았으며, 자기 고집대로 행동하고 사사건건 시비를 걸었다. 게다가 도니판은 고든에게도 브리앙의 편만 든다는 이유로 앙심을 품고 있었다.

그래서인지 도니판은 식사 시간을 빼면 자기 편인 웹, 윌콕스, 크로스하고만 놀았다.

브리앙도 참는 데 한계가 있었다.

"분명히 무슨 나쁜 일을 꾸미고 있는 것 같아."

어느 날 브리앙이 고든에게 걱정이 가득한 목소리로 물었다.

"촌장 자리를 빼앗으려는 게 아닐까?"

"아니, 그런 게 아니라……."

"그런 게 아니라면?"

"여기서 나가 다른 데서 살려고 하는 것 같아."

"설마, 그렇게까지?"

고든이 고개를 갸웃했다.

"아냐, 윌콕스가 보두앵의 지도를 베끼는 걸 봤대."

"지도를?"

"응. 솔직히 도니판과 사이만 좋아진다면 촌장 자리도 내주고 싶어. 그럼 괜한 경쟁 관계도 없어질 테고."

"안 돼! 너를 뽑아 준 친구들을 생각해야지. 그들을 위해서라도 너는 네 의무를 다해야 해."

고든과 브리앙은 겨울 내내 도니판 일행을 안타까운 마음으로 지켜보았다.

드디어 겨울이 가고 추위도 사라졌다. 호수와 강의 얼음도 완전히 녹아 버렸다.

10월 9일 저녁, 도니판은 웹, 크로스, 윌콕스와 함께 프랑스 동굴을 떠나겠다는 결심을 밝혔다.

"정말 우리를 버리고 떠나겠다는 거니?"

고든이 한숨을 길게 쉬며 물었다.

"버리다니? 우린 단지 다른 데 가서 우리끼리 살아 보겠다는 것뿐이야."

도니판이 싸늘한 목소리로 대답했다.

"그건 왜?"

백스터가 물었다.

"우리 식대로 살고 싶어서야. 솔직히 말해서 브리앙의 지시를 받으며 살고 싶지 않거든."

"도니판, 어떤 점이 못마땅한지 말해 주겠니?"

브리앙이 침통한 얼굴로 길게 한숨을 쉬고는 부드러운 목소리로 물었다.

"없어, 너무 나선다는 것 말고는! 미국인인 고든이 촌장을 했는데, 이제 또 프랑스인의 지시를 받다니……. 이러다간 흑인인 모코의 지시를 받게 될지도 모르잖아."

"너, 진심으로 하는 말이니?"

고든은 도니판의 말에 몹시 속이 상했다.

"너희는 아무렇지도 않겠지만 나와 내 친구들은 달라. 모두 영국인의 자존심이 있다고."

"그래, 네 생각이 정 그렇다면 너희 좋을 대로 해."

브리앙이 단호하게 말했다.

"그래, 그럴 줄 알았어. 내일 당장 떠나겠어."

"후회하지 않을 자신이 있니?"

고든이 다시 한 번 물었다.

"물론이지."

이렇게 해서 도니판은 끝내 프랑스 동굴을 떠나게 되었다.

그들이 떠나 살려는 곳은 섬 동쪽에 있는 동굴이었다. 이미 몇 주 전에 브리앙이 웹, 크로스와 함께 다녀온 곳이었다. 동굴 주변 바닷가엔 백사장이 있고, 가까운 곳에 강이 있어서 물도 충분했다. 게다가 사냥감도 넉넉하고, 프랑스 동굴과는 20킬로미터 정도 떨어져 있었다.

"아주 좋은 곳이야, 이곳만큼."

그쪽을 탐사하고 온 브리앙도 그것만은 인정했다.

"그럼, 안녕!"

다음 날 해가 뜨자, 도니판과 웹, 크로스, 윌콕스는 작별 인사를 했다.

"그래, 몸조심해."

"보고 싶으면 찾아와."

"안녕!"

남아 있는 아이들도 서운하고 안타까운 마음으로 도니판 일행을 떠나보냈다. 떠나는 아이들도 섭섭하기는 마찬가지였다. 모두들 말은 안 했지만, 여기까지 와서 서로 갈라져 산다는 건 마음 아픈 일이었다.

도니판 일행은 프랑스 동굴을 떠나 새 보금자리로 가는 도중에 하룻밤을 잤다. 그리고 다음 날도 부지런히 길을 걸었지만, 해는 그리 길지 않았다. 저녁 여섯 시쯤엔 걸음을 멈추어야 했다. 이 지점에서 호수와 지금까지 따라온 동강이 갈라지기 때문이었다.

"이것 봐, 타다 남은 재야."

월콕스가 좁은 포구 안쪽의 나무 밑을 가리켰다.

"놀랄 것 없어. 우리가 길을 제대로 찾았다는 증거니까."

크로스가 반가운 듯 타다 남은 재를 만졌다.

"증거라니?"

도니판이 되물었다.

"몇 주 전에 브리앙과 탐험 왔잖아. 그때 여기서 하룻밤 야영을 했거든."

"그랬구나!"

낯선 곳에서 익숙한 것을 만나니 다들 너무 반가웠다.

"그럼 여기서 저녁 식사를 하고, 잠은 전에 잤다는 느티나무 밑에서 자기로 하자."

도니판의 말에 웹과 크로스, 윌콕스는 고개를 끄덕였다. 그들이 선택할 수 있는 길이란 그것뿐이었다.

다음 날, 도니판 일행은 강기슭을 따라 하구까지 내려갔다. 거기서 처음 보는 바다를 살펴보고 싶었다. 그러나 동쪽 바다도 서쪽 바다처럼 아무것도 보이는 게 없었다.

"우리 생각대로 체어먼섬이 아메리카 대륙과 가까운 곳에 있다면, 마젤란 해협에서 출발해 칠레나 페루의 항구로 올라가는 배들을 만날 수 있을 거야. 어쨌든 '실망의 만' 바닷가에 정착해야 해. 어쩌면 지나가는 배들을 만날 수도 있을 테니까."

도니판의 말대로 선박들이 체어먼섬의 동쪽 바다를 지나갈 일이 전혀 없는 건 아니었다.

그날 낮, 도니판은 작은 항구를 발견했다. 항구 뒤편에는 화강암 바위가 있고, 그곳에는 동굴이 많았다.

"프랑스 동굴 아이들이 다 와도 넉넉하게 살 수 있겠다."

도니판의 말대로 동굴은 크고 넓었다. 더구나 작은 동굴이 많아서 각자 하나씩 쓸 수도 있었다.

도니판과 크로스는 낮에는 해안을 둘러보며 메추리를 잡았다.

윌콕스와 웹은 강에서 낚시를 해 물고기를 대여섯 마리나 잡았다.

네 소년은 오후 내내 섬을 둘러보았지만, 바다에는 아무것도 보이지 않았다.

"내일은 북쪽 바다를 둘러보자."

도니판은 아직도 이 섬이 어떤 대륙과 붙어 있기를 내심 바랐다.

다음 날인 10월 14일, 도니판 일행은 새벽 일찍 출발했다. 날씨가 바뀔 조짐을 보이기 시작했기 때문이다. 결국 그들은 가는 도중에 소나기와 함께 불어오는 돌풍을 만났다. 그래도 멈추지 않고 앞으로 나갔다. 번개는 쉬지 않고 번쩍였고, 천둥 소리도 끊이지 않았다.

여덟 시쯤 되자, 파도 소리가 거칠어졌다. 그건 바다에 암초가 있다는 뜻이었다.

"해가 지기 전에 바다를 꼭 보고 싶다."

몹시 피곤했지만 섬 북쪽의 태평양을 한 번 보고 싶다는 마음이 간절했다. 북쪽 바다가 대륙과 섬 사이에 있는 좁은 해안이길 바라는 마음이 컸던 것이다.

윌콕스가 어두워지기 시작한 바다를 향해 앞장섰다. 바닷가에 다다르자, 앞서 걷던 윌콕스가 문득 걸음을 멈추었다.

"저, 저것 좀 봐! 저게 뭐지?"

어둠 속 바닷가 모래벌판에 검은 그림자가 있었다.

바위는 아니었다.

"보트다!"

웹의 말대로 그것은 좌초한 보트였다.

"저기 봐! 해초 더미에 사람이 있어."

윌콕스가 번개 불빛에 드러난 사람을 보고 놀라 소리쳤다.

보트에서 6미터쯤 떨어진 곳에 두 사람이 누워 있었다. 꼼짝도 하지 않는 것으로 보아 죽은 것 같았다.

갑자기 소름이 쫙 끼쳤다.

"폭풍에 떠밀려 온 것 같아."

도니판이 겁먹은 목소리로 속삭였다. 소년들은 두려움에 떨며 서로 쳐다보았다.

"가자!"

누가 먼저랄 것도 없이 모두들 달아났다.

잠자리로 정해 둔 느티나무 밑에 다다랐다. 겁에 질린 웹이 바닷가 쪽을 바라보며 말했다.

"뒤쫓아 오는 건 아닐까?"

"누가?"

"그 시체들이!"

윌콕스의 말에 웹이 달달달 이를 부딪치며 떨었다.

"이제 그런 생각 그만하고 일단 자도록 하자."

도니판이 어깨에 담요를 두르면서 소총을 들고 바닷가 쪽을 향해 앉았다. 추웠다. 불을 피우려니 바닷가에서 본 시체가 쫓아올 것 같았다. 잠을 자려 해도 잠이 안 왔다.

'그 배는 어디에서 왔을까? 그 시체들은 어느 나라 사람일까? 가까운 곳 어디에 육지가 있는 것일까? 아니, 그보다도 그 시체들은 악당이 아닐까? 무시무시한 애꾸눈 선장 같은…….'

불안한 생각이 자꾸 꼬리에 꼬리를 물고 떠올랐다.

"그들이 악당이면 어떡하지?"

웹이 아직도 숨을 몰아쉬며 물었다.

"두려워할 거 없어. 죽은 시체니까."

웹을 안심시키기 위해 도니판이 딱 잘라 말했다.

"살아서 이 섬에 올라온 악당들도 있을 텐데……."

아무 말도 하지 않던 크로스가 입을 열었다.

크로스의 말을 듣고 보니 두 사람 외에 또 있을지도 모른다는 생각이 소년들의 머리를 스쳤다. 보트는 언뜻 보기에도 여러 명이 탈 수 있는 크기였다.

"그렇다면!"

웹이 짧게 비명을 질렀다. 그렇다면 나머지 악당들은 이 섬 어딘가에 숨어 있을지도 몰랐다. 모두 담요를 뒤집어썼다.

'저벅저벅.'

어디선가 발자국 소리가 어지럽게 들렸다. 그러나 그건 바닷바람이 쓸고 지나가는 소리였다.

밤은 한없이 길었다. 아침은 영원히 오지 않을 것처럼 점점 더 깜깜해졌다. 바람 소리가 조금씩 잦아들자, 피곤에 지친 소년들은 스르르 잠이 들었다.

햇빛이 비치자, 모두들 부스스 일어났다. 세상이 밝아지니, 머릿속에 남은 두려움도 싹 걷혔다.

"다시 바닷가로 가 보자!"

도니판이 담요를 말아 챙기며 재촉했다.

"그래, 궁금하다."

다들 지난밤의 일이 꿈 같기만 했다. 도니판 일행은 바닷가로 나갔다.

"없다! 없어졌어!"

월콕스가 제일 먼저 소리쳤다. 아무리 살펴보아도 두 사람의 시체는 보이지 않았다.

"그렇다면 살아 있었구나!"

크로스가 떨리는 목소리로 말했다.

"어디로 갔지? 바닷물에 쓸려 갔나?"

도니판은 망원경을 들고 바위 위로 올라갔다. 아무리 훑어보아도 눈에 띄는 것이 없었다.

"시체들은 아마 파도에 떠내려간 걸 거야."

보트는 어젯밤보다 조금 높은 모래벌판에 밀려와 있었다. 보트 안은 비어 있었다.

상선에 딸려 있는 짐을 실어 나르는 보트 같았다. 앞쪽에 갑판이 있는 걸로 보아 분명했다. 돛대는 완전히 부러졌고, 뱃전도 깨졌다. 다시 쓰기에는 너무 심하게 부서져 있었다.

"여기에 보트 이름이 있어!"

뱃전을 살피던 도니판이 말했다.

시번-샌프란시스코

시번 호는 미국 배였다.

악당들의 침입

프랑스 동굴에 남아 있는 소년들은 우울했다.

브리앙은 자기 때문에 도니판이 떠났다고 생각하니 더욱 마음이 아팠다.

"브리앙, 그 아이들은 돌아올 거야. 우리 생각보다 더 빨리! 도니판의 고집이 세다 해도 별수 있겠니? 추워지기 전에 프랑스 동굴로 돌아올 거야. 걱정 마."

고든은 브리앙을 위로하려고 애썼다. 그러나 브리앙은 머리만 저을 뿐, 아무 대답도 하지 않았다.

"그나저나 고든!"

한숨을 쉬던 브리앙이 입을 뗐다.

"네 말처럼 추워지기 전이라면, 이 섬에서 또다시 겨울을 맞아야 한다는 말이니?"

"브리앙, 어쩔 수 없는 일이잖아."

고든이 낙담하듯 대꾸했다.

"그런데 왜 그동안 배가 한 척도 지나가지 않을까?"

"브리앙, 오클랜드 언덕에 좀더 큰 깃발을 달아 보자."

고든의 말에 브리앙이 고개를 저었다.

"2년 동안 그 어떤 배도 우리가 달아 놓은 깃발을 보지 못했어."

"그럼 좋은 수가 없을까?"

고든이 바짝 다가앉았다.

"돛으로 연을 만들어 하늘에 높이 띄워 두는 게 어떻겠니?"

"그래, 연을 크게 만들어 한 300미터 높이로 띄워 보자. 천도 충분하잖아. 긴 줄도 많고……."

"그렇지만 밤에는 안 보이잖아?"

백스터가 진지하게 물었다.

"밤에는 연 꼬리에 등을 매다는 거야."

브리앙의 생각은 정말 그럴듯했다. 연이라면 뉴질랜드 초원에서 수없이 날려 본 경험이 있었다.

브리앙의 계획을 듣고 모두 찬성했다.

"도니판도 아침에 눈을 뜨면 하늘에 둥실둥실 떠 있는 우리 연을 보겠지?"

서비스가 들뜬 목소리로 말했다.

"먼 바다에서도 잘 보일 거야."

"오클랜드에서도?"

브리앙의 말에 도울이 흥분해서 물었다.

"그렇게만 된다면 얼마나 좋겠니?"

고든이 침착하게 말했다.

연을 만드는 데 나흘이나 걸렸다. 팔각형 모양이었다. 뼈대는 질긴 갈대로 만들고, 그 위에 고무를 바른 가벼운 천을 씌웠다. 제법 멋진 연이었다.

10월 17일이 되었다. 연을 날리기에 알맞게 날씨도 좋고, 바람의 세기도 일정했다.

긴 꼬리를 펼치고 바닥에 누운 연은 곧 바람에 몸을 맡길 준비를 하고 있었다. 브리앙이 연을 날려 올리기 위해 연줄을 잡았다.

모두 브리앙이 연을 띄우라는 신호를 보내길 기다리고 있을 때였다.

"컹컹컹컹!"

숲속에서 뛰쳐나온 팬이 숲을 보며 요란하게 짖었다.

"팬이 왜 저러지?"

"숲속에 무슨 일이 있나 봐. 어서 가 보자."

고든이 재촉했다.

"무기도 가져가자!"

브리앙의 말에 서비스와 자크는 동굴로 뛰어가 소총을 가지고 왔다.

"자, 이제 가 보자."

아이들은 팬을 앞세우고 숲속으로 들어갔다.

팬은 빠른 걸음으로 숲길을 뛰었다. 쉰 걸음도 못 갔을 때였다. 늙은 나무 밑에 한 아주머니가 쓰러져 있었다.

"사람이 쓰러져 있다!"

자크의 말에 모두 그 자리에 섰다. 이런 무인도에 사람이 쓰러져 있다니! 정말 놀라운 일이었다.

브리앙이 고든과 함께 쓰러져 있는 아주머니 곁으로 다가갔다.

"살아 있어!"

그때 어깨에 갈색 숄을 두른 아주머니가 눈을 떴다. 아주머니는 몹시 지쳐 보였다. 힘없이 다시 눈을 감은 아주머니의 입에서 가벼운 한숨이 새어 나왔다.

브리앙의 부탁으로 자크가 재빨리 프랑스 동굴로 가서 비스킷과

브랜디를 가져왔다.

"아주머니, 한 모금 마셔 보세요."

브리앙은 아주머니 곁에 무릎을 꿇고 앉았다. 그리고 브랜디 병을 아주머니 입에다 약간 기울였다. 아주머니 입 속으로 브랜디가 넘어갔다.

정신이 났는지 아주머니의 눈꺼풀이 떨리더니 이내 눈을 떴다. 자크가 들고 온 비스킷을 건넸다.

얼마나 배가 고팠는지, 아주머니는 받자마자 단숨에 먹었다. 브리앙의 손에 있던 브랜디도 몇 모금 더 마셨다.

"고마워요! 정말 고마워요!"

자리에서 일어난 아주머니는 영어로 말했다.

"어때요? 정신이 드시나요?"

고든이 아주머니를 부축하며 물었다.

"훨씬 좋아졌어요. 그런데 대체 여기가 어디지요?"

아주머니는 두려운 표정을 지으며 사방을 두리번거렸다.

"저희도 잘 모르겠어요. 다만 섬이라는 것만……."

"섬이라고요?"

아주머니가 놀라면서 브리앙을 쳐다보았다.

"저희도 이 섬에 표류해 왔어요."

고든의 말에 아주머니는 갑자기 무언가에 쫓기는 듯한 표정으로 소리쳤다.

"나를 숨겨 줘요. 어디든 나를 숨겨 줘요. 나는 악당들에게 쫓기고 있어요."

"악당들에게요?"

둘러섰던 소년들이 놀라 소리쳤다.

"나를 쫓고 있어요. 제발 나를 숨겨 줘요."

소년들은 아주머니를 부축해 프랑스 동굴로 데려갔다.

동굴 앞에서 연을 띄우려고 모여 있던 소년들이 우르르 몰려들었다. 연을 본 아주머니가 물었다.

"이 연을 가지고 뭘 하려고 그러죠?"

"구조 신호용으로 만들었어요. 하늘에 날려서 구조를 요청하려고요."

브리앙의 말에 아주머니가 손을 내저었다.

"안 돼요. 연을 날렸다간 악당들한테 들키고 말 거예요."

브리앙이 고든을 바라보았다. 고든이 고개를 끄덕였다. 브리앙은 아이들을 둘러보며 말했다.

"아주머니 말씀대로 연은 다음에 날려야겠다."

소년들은 연을 재빨리 접어 창고에 넣어 두었다. 그리고 아주머니를 프랑스 동굴 안 침실로 안내했다.

아이들이 아주머니 곁으로 다시 모여들었다.

"어떻게 된 거예요? 악당에게 쫓기다니요?"

고든이 궁금증을 참지 못해 물었다.

아주머니는 동굴 천장을 한동안 쳐다보다가 입을 열었다.

아주머니의 이름은 케이트였다. 아주머니는 뉴욕주 올버니시에 사는 윌리엄 아르 펜필드 씨 집에서 일을 했다. 펜필드 씨 부부는 케이트 아주머니와 함께, 친척이 살고 있는 칠레로 가기 위해 항구 도시인 샌프란시스코로 갔다.

거기서 존 에프 터너 선장이 운전하는 '시번 호'라는 호화 상선을 탔다. 그런데 출항한 지 9일째 되는 날이었다. 선원들 가운데 윌스턴이란 사람이 다른 선원 일곱 명을 충동질해 반란을 일으켰다. 이 반란으로 선장과 부선장 그리고 펜필드 부부가 죽었다. 배에 탄 사람들 중에 목숨을 건진 건 케이트 아주머니와 항해사 에번스 두 사람뿐이었다.

케이트 아주머니는 포브스라는 온순한 선원 덕에 살아났고, 에번스는 배를 몰 줄 알기 때문에 살아났다.

"죽고 싶지 않거든 배를 몰아!"

악당 윌스턴은 에번스를 윽박질렀다.

배를 빼앗은 윌스턴과 악당들은 배를 몰아 아프리카 서쪽 바다로 향했다.

"자, 이 배로 흑인을 잡아와 팔아서 우리도 큰돈 한번 벌어 보는 거야!"

윌스턴은 승리에 취해 반란자들과 술을 마셔 댔다.

그때였다. 그러니까 배가 혼곶을 지날 때였다. 뱃전에서 원인을

147

알 수 없는 불이 났고, 순식간에 불길이 번졌다.

"배를 어떻게든 살려야 한다! 우리 계획이 물거품이 되도록 놔둘 수는 없어!"

윌스턴은 고래고래 소리를 질렀지만, 한번 붙은 불은 걷잡을 수 없이 타올랐다.

"젠장, 보트를 띄워! 보트를!"

악당들은 급히 보트를 내려 소총과 탄약, 그리고 식량을 실었다. 그리고 시번 호가 침몰하기 바로 직전, 배에서 빠져나왔다. 케이트 아주머니와 에번스도 몰래 보트에 올랐다.

그런데 이틀 뒤부터 사나운 폭풍이 불어오기 시작했다. 그 바람에 돛대는 다 부러지고, 돛은 누더기가 된 채 체어먼섬 쪽으로 밀려왔다.

15일과 16일 사이의 밤 동안, 보트는 암초들 위로 곤두박질친 뒤 모래밭에 좌초되었다. 배의 뼈대는 부러졌고, 뱃전은 거센 파도 때문에 구멍이 뚫렸다.

윌스턴 일당은 폭풍과 싸우느라 지칠 대로 지쳤다. 거기다가 식량도 바닥나 버렸다. 추위와 허기로 기진맥진해 있던 이들은 거의 실신 상태였다.

결국 보트가 풍랑에 휩싸여 날아올랐다가 이내 모래사장에 처박

혔다. 좌초되기 직전에 그들 중 다섯 명은 풍랑에 휩쓸려 죽었다. 그리고 다른 두 명은 모래사장 위로 내동댕이쳐졌다.

그때 케이트 아주머니는 배의 반대쪽에 있었다. 모래사장에 쓰러진 두 남자와 마찬가지로 케이트 아주머니도 기절해 있었다.

새벽 세 시쯤 되었을까, 깨어난 케이트 아주머니는 보트 근처에서 누군가 모래 위를 걷는 소리를 들었다.

'누구지? 누가 이리로 오고 있지?'

케이트 아주머니는 보트 밑창에 숨었다. 발소리가 저벅저벅 가까이 다가왔다.

"여기가 어디지?"

목소리를 들으니 시번 호를 함께 타고 온 로크였다.

"어디든 무슨 상관이야. 어떻든 여기 있을 게 아니라 동쪽으로 내려가 보자고."

악당의 우두머리 월스턴의 목소리였다.

"에번스는 어디 있나?"

월스턴의 목소리가 들렸다.

"에번스는 코프가 지키고 있어. 싫든 좋든 그놈은 데리고 가야 해. 반항하면 내가 알아듣도록 해 볼 테니까."

"무기는?"

"소총 다섯 정과 탄약 세 상자야. 이런 무인도에서 살아남으려면 턱없이 부족하지만."

역시 로크가 약간 근심스러운 듯 말했다.

"그런데 말이야, 케이트는 살아남았을까?"

윌스턴의 말에 케이트 아주머니의 가슴은 쿵쿵 뛰었다.

"케이트? 그 여자는 걱정할 것 없어. 보트가 가라앉기 전에 파도에 휩쓸리는 걸 봤어. 물에 빠져 죽었을 거야."

"잘됐군. 속이 시원하네. 그 여자는 우리에 관해 너무 많은 걸 알고 있어."

"살았대도 가만 놔둘 수 없지."

윌스턴과 로크가 주고받는 말을 듣고, 케이트 아주머니는 파랗게 질려 버렸다.

윌스턴과 그의 일당은 보트 안에서 무기와 탄약, 담배와 술을 챙겼다. 그리고 다리의 힘이 빠져 버린 포브스와 파이크를 부축해 모래사장을 따라 동쪽으로 사라졌다.

그들이 어둠 속으로 사라지자, 케이트 아주머니는 몸을 일으켰다. 그리고 악당들과 반대 방향인 서쪽으로 도망쳤다. 배고픔과 피로에 지쳐 있었지만 무작정 걸었다. 강을 건너고 호수를 따라 걷고 숲을 가로지르다 마침내 쓰러져 정신을 잃었다.

케이트 아주머니의 이야기를 들은 소년들은 큰 충격을 받았다.

"아, 도니판 패들이 위험하다!"

브리앙이 잠시 눈을 감았다.

정말 그랬다. 도니판 일행 근처에 시번 호의 악당들이 있다는 것은 위험천만한 일이었다. 그것도 모르고 사냥을 하느라 총이라도 쏜다면 들킬 게 분명했다. 들켰다가는 잡혀서 죽을 게 불을 보듯 뻔했다.

"케이트 아주머니, 그런 중요한 사실을 알려 주셔서 정말 고마워요."

고든이 인사를 하자, 케이트 아주머니가 오히려 고마워했다.

"아니, 너희 덕분에 내가 이렇게 살았잖아. 이 은혜를 잊지 않을게."

소년들은 마음씨 고운 아주머니를 구해 드린 것이 매우 기뻤다.

"도니판 패들을 구하러 가야 해. 가능한 한 빨리!"

브리앙이 조심스럽게 바깥을 내다보고 왔다.

"무슨 일이 있어도 그 아이들을 데려와야 해."

재규어와 싸우다

도니판 일행을 데리러 갈 준비는 밤 여덟 시에 끝났다. 브리앙과 모코가 단둘이 떠나기로 했다.

"형, 조심해서 다녀와!"

함께 가지 못한 자크가 아쉬운 듯 인사를 했다.

"그래. 모코의 보트 모는 실력은 다들 인정하잖니? 이번에도 먼 젓번처럼 동쪽 강을 타고 실망의 만으로 가서 동굴을 찾아볼 생각이야."

"자크도 데려가. 가고 싶어 하는데."

고든이 슬쩍 물었다.

"안 돼. 보트엔 여섯 명밖에 못 타잖아. 올 때 도니판 패를 다 데려와야 하니까, 그건 안 돼."

그 말에 자크와 고든이 고개를 끄덕였다.

"고든, 부탁이 있어."

"뭔데, 브리앙?"

"프랑스 동굴 입구를 잘 숨겨 줘. 악당들한테 들키지 않도록."

"걱정 마. 그 일은 남아 있는 우리들 책임이니까."

드디어 브리앙과 모코가 보트에 올랐다.

모코가 노를 젓기 시작했다.

"조심해서 다녀와."

"고든, 밤이니까 동굴 밖으로 불빛이 새어 나오지 않게 조심해야 해."

"걱정 마."

고든은 믿음직스럽게 대답했다.

보트가 떠날 무렵부터 북쪽에서 약하게 바람이 일었다. 바람이 계속 이런 식으로 불어 준다면, 다녀오는 일에 별 어려움은 없을 듯했다.

브리앙은 돛대를 세우고 돛을 올렸다. 바람을 안은 보트는 빠르게 달렸다. 두 시간 동안 9킬로미터나 갔다.

브리앙은 달리면서도 모든 신경을 호수 연안에 집중했다. 혹시 무슨 불빛이라도 보인다면, 그건 월스턴 일당이 거기 머문다는 뜻이었다. 그러나 도니판 일행도 역시 동강 하구 근처에서 야영을 하고 있을 가능성이 컸다.

한참 만에 동강 어귀가 나타났다. 강물을 따라가던 모코가 노를 멈추었다.

"왜 그러니?"

"저기 숲을 봐!"

브리앙은 모코가 가리키는 숲 쪽을 보고 깜짝 놀랐다.

"악당들이야!"

여기에서 불을 피우고 있다면 그건 악당들이 틀림없었다.

"어쩌면 도니판일지도 몰라."

모코가 유심히 어둠 저쪽의 불빛을 바라보았다.

"어쨌든 여기서 날 내려 줘, 모코."

"나도 함께 가면 안 될까?"

모코가 작은 소리로 물었다.

"아니, 나 혼자 가는 게 좋아. 그래야 들킬 위험이 적어."

모코가 보트를 강기슭에 바짝 갖다 대자, 브리앙은 총과 단검을 들고 조용히 내렸다.

브리앙은 둑을 기어오른 뒤, 재빨리 나무 밑으로 숨었다. 사방을 살피던 브리앙이 갑자기 걸음을 멈췄다.

10미터쯤 앞에 풀숲 사이를 기어가는 그림자가 있었다.

"재규어다!"

검은 그림자는 재규어였다.

"사람 살려! 사람 살려!"

곧이어 비명 소리가 들렸다. 도니판이었다. 역시 도니판 일행이 거기에서 야영을 하고 있었던 것이다.

재규어의 공격을 받고 뒤로 넘어진 도니판이 버둥거렸다. 미처 주머니에 든 권총을 꺼낼 틈도 없었다. 도니판은 재규어를 안고 뒹굴었다. 도니판의 비명 소리에 잠을 깬 윌콕스가 어깨에 총을 메고 달려왔다.

"윌콕스! 쏘지 마! 쏘면 안 돼!"

브리앙이 외쳤다. 그러고는 재빨리 재규어에게 달려들었다. 그러자 재규어가 브리앙 쪽으로 휙 몸을 돌렸다.

그 사이 도니판이 재빨리 몸을 일으켰다. 그 틈을 타 브리앙은 단검으로 재규어를 찌른 뒤 옆으로 몸을 피했다. 짧은 순간이었다. 도니판도 윌콕스도 끼어들 틈이 없었다.

재규어가 쓰러지고, 순식간에 싸움은 끝이 났다.

"브리앙, 어깨에서 피가 나고 있어!"

윌콕스가 놀라 소리쳤다. 재규어의 정수리를 찌를 때, 재규어의 날카로운 발톱이 브리앙의 어깨를 할퀴었던 것이다.

"브리앙이라고? 브리앙, 여긴 어떻게 왔어?"

윌콕스의 말에 비로소 도니판은 자기를 구해 준 사람이 브리앙이란 걸 알았다.

"도니판, 그건 나중에 말할게."

"그래. 윌콕스, 붕대 있지? 빨리 꺼내 줘."

도니판은 주머니에서 손수건을 꺼내 브리앙의 어깨에 흐르는 피를 닦았다.

"괜찮아, 이 정도는 별것 아니야."

브리앙은 손수건을 감싸쥐며 말했다.

"아니야. 너는 나를 구해 준 은인이야. 고마워."

"만일 내가 맹수에게 습격당하는 걸 봤다면 너도 날 구해 줬을 거야. 도니판, 근데 더 급한 일이 있어."

"그게 뭔데?"

"프랑스 동굴로 빨리 돌아가자! 그것 때문에 여기까지 온 거야."

브리앙은 어깨에 올린 도니판의 손을 잡으며 말했다.

"대체 무슨 일인데?"

"그건 나중에 얘기해 줄게. 지금 당장 떠나야 해. 그래야 눈에

띄지 않고 갈 수 있어."

브리앙은 도니판 일행을 데리러 온 이유를 짤막하게 설명했다.

이야기를 들은 소년들은 깜짝 놀랐다. 그리고 모두 브리앙에게 고마워했다.

"모코와 함께 보트를 몰고 왔어. 저쪽에서 모코가 기다리고 있으니 빨리 서둘러."

도니판은 고마운 마음에 브리앙의 손을 두 손으로 덥석 잡았다.

"정말 미안해. 너를 볼 낯이 없다. 너는 내 생명을 구했고, 우리 네 사람을 위해 위험을 무릅쓰고 여기까지 와 주었어. 이제부턴 너를 미워하거나 질투하지 않을게."

"도니판, 고맙다."

브리앙도 눈물을 글썽였다.

"자, 떠나자!"

브리앙의 말에 모두 모닥불을 끄고 보트에 올랐다.

여섯 명이 타기엔 보트가 좀 작았다. 브리앙은 어깨를 다쳐 월콕스와 웹이 모코를 도와 노를 저었다. 배는 순풍을 받은 데다 모코가 능숙하게 노를 저어 무사히 호수를 건넜다.

소년들은 새벽 네 시가 되어서야 프랑스 동굴에 도착했다.

"무사히 돌아왔구나!"

그때까지 호숫가에서 기다리고 있던 고든이 도니판 일행을 반갑게 맞아 주었다.

"미안하다. 우리 때문에 걱정 많았지?"

도니판이 보트에서 내리며 고든의 손을 잡았다.

"이렇게 돌아와서 반갑다. 어서 동굴로 들어가자."

브리앙과 도니판 일행은 보트를 풀숲에 잘 숨기고 동굴로 들어갔다. 잠도 자지 않고 기다리던 소년들은 도니판 일행을 보자 모두 기뻐했다.

월스턴 일당이 체어먼섬에 있다는 건 소년들에겐 매우 위험한 일이었다. 언제 나타나 소년들과 케이트 아주머니를 해칠지, 그건 아무도 알 수 없었다. 소년들의 불안감이 점점 커져 갔다.

브리앙은 밤마다 어둠을 틈타 호수를 건너가 보고, 동강 근처 숲속을 뒤졌다. 혹시 어디에서 야영을 하고 있는지 알기 위해서였다. 그러나 그들의 행방은 알 수 없었다. 오클랜드 언덕에도 올라가 봤지만, 그들의 흔적을 발견하지 못했다. 어쨌든 더 높이 올라갈 수만 있다면 그들을 찾을 수도 있을 것 같았다.

"좋은 생각이 났어!"

브리앙이 무릎을 탁 쳤다.

"브리앙, 무슨 생각이야?"

고든이 바싹 다가앉았다.

"연을 타고 하늘에 올라가 보는 거야."

뜻밖의 말에 도니판이 고개를 갸우뚱했다.

"사람이 어떻게 연을 타니?"

"언젠가 영국 신문에서 기사를 읽은 기억이 나는데, 18세기 말에 어느 여자가 연에 매달린 채 하늘로 높이 올라간 적이 있었대."

브리앙은 그렇게 말을 하면서도 실제로 행동으로 옮길 수 없을 것이라고 생각했는지 머쓱한 표정을 지었다.

"연을 타고 오르면 오히려 악당들에게 먼저 들킬지 몰라."

백스터가 고개를 갸웃하자 도니판이 불쑥 말했다.

"그렇다면 밤에 띄워야지! 그럼 악당들이 피우는 불을 더 확실히 볼 수 있을 거야."

도니판의 말에 브리앙의 표정이 밝아졌다.

"맞아, 그렇겠네!"

"그래, 도니판의 말대로 해 보자."

모두들 찬성했다. 사실 이 일밖에는 달리 방법이 없었다. 무슨 일이든 시도해 봐야 했다.

"그런데 정말 연에 사람이 탈 수 있을까?"

도니판이 미심쩍은 듯 다시 중얼거렸다.

"우리가 저번에 만든 것보다 더 크고 튼튼하게 만들면 돼."

브리앙이 힘있게 말했다.

"연의 크기뿐만 아니라 출발하는 순간 바람의 세기가 서로 맞아 떨어지면 가능할 거야."

백스터도 자신 있게 말했다.

"브리앙, 어느 정도 높이 올라가면 될 것 같니?"

도니판이 다시 물었다.

"200미터 정도만 올라가면 섬의 어느 장소에서 불을 피우든 잘 보일 것 같아."

"그렇다면 우물쭈물할 것 없이 한번 해 보자."

"그래, 이제 숨어서 사는 것도 지쳤어."

서비스가 답답하다는 듯 소리쳤다.

"올가미를 확인해야 하는데, 그걸 못 해서 안타까워."

"총을 못 쓰는 게 무엇보다 괴로워."

"악당들을 반드시 잡아야 해."

소년들은 답답하고 불안한 마음을 모두 털어놓았다.

"그러니까 내일부터 연을 더 크고 튼튼하게 만들어 보자."

브리앙의 말에 모두들 찬성했다.

사람을 싣고 오른 연

다음 날부터 소년들은 부지런히 연을 만들었다. 워낙 큰 연이라 만드는 데만도 사흘이나 걸렸다. 5미터 크기의 팔각형 연이었다.

실험을 하기 위해 어두워질 때까지 기다릴 필요도 없었다. 마침 해가 지면서 남서풍이 불어왔다. 실험은 바라던 대로 됐다. 10킬로그램 정도 나가는 부대 자루를 연은 거뜬히 들어올렸다.

"이만하면 멋진 성공이다!"

"좀더 튼튼하게 만든다면 한 사람은 충분히 실어 올리겠어!"

특히 브리앙과 고든이 만족해 했다.

연을 다시 아래로 내려 운동장 바닥에 뉘어 놓았다. 백스터는 우산살 모양의 뼈대 중심 부분을 줄로 묶어 연을 더욱 튼튼하게 했다. 천은 새롭게 덧대어 넓혔다. 바느질은 케이트 아주머니가 도맡았다.

정작 힘든 일은 다른 데 있었다. 그것은 연의 무게, 표면적, 무게 중심, 연의 상승력, 상승 가능한 높이, 줄의 무게, 연에 탄 사람의 안전 문제 등을 계산해 내는 일이었다.

연줄을 매는 문제만 해도 그랬다. 여러 번의 실수 끝에야 천을 받치고 있는 뼈대를 삼등분하는 두 곳에 각각 줄을 매야 한다는 것을 알았다. 줄도 360미터 정도 돼야, 연줄이 아래로 처지는 것까지 계산한다 하더라도 200미터까지는 거뜬히 올라갈 수 있었다.

"꼬리는 안 달 거야?"

"꼬리를 달아야 멋있는데……."

코스타와 도울은 연에 꼬리를 달기를 바랐다.

"안됐지만 연의 무게를 줄여야 곤두박질치는 걸 막을 수 있어."

브리앙이 섭섭해 하는 아이들을 달랬다.

"바구니가 너무 깊지 않을까?"

도니판은 그것이 약간 걱정되었다. 너무 깊으면 사고가 났을 때 빨리 빠져나오기 힘들 것 같았다.

"그래도 겨드랑이까지 들어가야 안전하고 덜 무서울 것 같아. 이 연을 만든 목적이 악당들을 살피는 거니까, 안심하고 살피려면

좀 깊어야 할 거야."

브리앙의 설명은 그럴싸했다.

"그래, 네 말을 듣고 보니 그 정도는 되어야겠다."

도니판도 순순히 브리앙의 말을 따랐다.

"근데 연에 탄 사람이 내려오고 싶을 땐 어떻게 신호를 보내지?"

백스터가 물었다.

"바구니에서 땅까지 끈을 또 하나 내려 두는 거야. 올라간 사람이 내려오고 싶을 때, 준비해 간 동그란 고리를 그 끈을 통해 내려보내는 거지. 그러면 그걸 신호로 다같이 연줄을 잡아당기면 돼."

브리앙의 상상력은 감탄할 정도였다. 소년들은 모두 브리앙의 말에 고개를 끄덕였다.

다시 만든 연을 날려 올리는 실험은 두 시간 만에 끝났다. 소년들은 연을 날리는 일에 자신이 생겼다.

이제 내일 밤, 사람을 실은 연을 띄우는 일만 남았다. 모두들 내려온 연을 접으려 할 때였다.

"잠깐! 오늘 실험은 무척 성공적이었어. 그건 바람이 알맞게 불어 주었기 때문이야. 내일도 오늘처럼 날씨가 좋으라는 법이 없잖아. 그러니 아예 오늘 밤 사람을 태워 보는 게 어떨까?"

도니판이 소년들을 둘러보며 말했다.

어차피 해야 할 거라면 지금보다 더 좋은 기회도 없을 것 같았다. 그러나 도니판의 제안에 선뜻 대답하는 사람은 없었다. 연을 타고 공중에 오른다는 건 너무나 위험하기 때문이었다.

"바구니에 타고 싶은 사람?"

브리앙이 조심스럽게 물어보았다.

"나!"

"나!"

자크, 도니판, 백스터, 윌콕스, 크로스, 서비스가 동시에 손을 들었다. 누구를 선택해야 할지, 브리앙은 다시 고민이 되었다.

'잘못하면 연이 바다로 날아가 빠져 버릴지도 모른다. 줄이 끊긴다거나 바구니가 잘못되면 추락할 수도 있다.'

브리앙의 고민이 길어지자 자크가 다시 입을 열었다.

"형! 내가 타게 해 줘! 꼭 내가 타야 해. 부탁이야."

"왜 꼭 네가 가겠다는 거니?"

도니판이 이상하다는 듯이 물었다.

"정말 왜 그러는 거야?"

백스터도 궁금해 했다.

"그래야 하기 때문이야."

"그래야 하다니?"

고든이 뭔가 이상하다는 듯 고개를 갸웃했다.

"내가 타야 해! 형, 제발, 제발!"

자크의 목소리가 떨리고 있었다.

"대답해 봐, 브리앙. 자크가 왜 이러는 거야? 무슨 이유라도 있는 거야?"

도니판이 다시 물었다.

"이유가 있어. 이유가 있단 말이야. 내가 말할게."

"자크!"

브리앙이 자크의 말을 막기 위해 소리쳤다.

"아냐! 얘기할 거야. 속이고는 마음이 무거워서 못 견디겠어."

소년들은 영문도 모른 채 브리앙 형제의 대화를 듣고 있었다. 그러나 딱 한 사람, 모코만은 대충 알고 있었다.

브리앙은 자크를 물끄러미 바라보더니, 말없이 한 걸음 뒤로 물러섰다. 그러자 자크는 흥분된 마음을 가라앉히고, 또박또박 이야기하기 시작했다.

"고든 형, 도니판 형, 우리가 부모님과 떨어져서 이 섬에 오게 된 건 모두 나의 실수 때문이야. 아니, 내가 장난을 쳐서 이렇게 된 거야. 내가 오클랜드 부두에서 배를 매어 놓은 닻줄을 풀었어. 그날 밤, 여행을 떠난다는 생각에 마음이 들떠서 그런 짓을 한 거야. 배가 떠내려가는 걸 보면서도 난 사람들을 부르지 않았어. 그리고 한 시간쯤 뒤 바다 한가운데에 갔을 때야 소리쳤어. 깜짝 놀라게 해 주고 싶은 마음에……. 미안해, 모두 내 잘못이야. 용서해 줘. 아니, 용서해 주지 않아도 좋아. 내 잘못이 너무 크니까.”

자크는 끝내 울음을 터뜨렸다. 케이트 아주머니가 아무리 달래도 소용없었다.

“넌 이미 네 죗값을 치렀어. 네가 우리에게 봉사하려고 나섰던 게 벌써 몇 번째니?”

도니판이 울고 있는 자크의 어깨를 잡았다. 그리고 머쓱하게 서 있는 브리앙을 돌아보았다.

“브리앙, 이제 알 것 같다. 위험한 일이 있을 때마다 네가 왜 동생에게 시켰는지. 또 자크가 왜 그렇게 항상 나서려고 했는지도. 자크, 그래서 넌 안개 속에서도 나와 크로스를 찾으러 나섰던 거구나? 자기 목숨까지 걸면서 말이야. 넌 우리 친구이고, 우린 기꺼이 널 용서하고 싶다. 그러니 더는 위험한 연을 타겠다는 말은 하지 마라.”

도니판이 너그럽게 자크를 용서했다. 자크가 도니판의 품에 와락 안겼다.

“나는 바보였어. 이렇게 무서운 일이 벌어지리라고는 꿈에도 생각하지 못했어. 그 일로 얼마나 괴로웠는지 몰라. 용서해 줘."

자크는 도니판의 품에 안긴 채 울음을 멈추지 않았다.

"그래, 용서할게."

도니판은 자크의 등을 다독여 주었다.

"너는 이미 네 잘못을 모두 씻었어."

고든도 한마디 거들었다.

자크는 눈물을 닦으며 다시 나섰다.

"형, 그러니까 이번만은 내가 타게 해 줘."

"자크, 그러지 않아도 돼."

다른 소년들도 모두 자크를 위로했다. 그러나 브리앙은 지그시 눈을 감았다 뜬 뒤 단호하게 말했다.

"자크! 자, 어서 타라."

모두들 말렸지만 소용없었다. 브리앙만은 자크의 실수를 아직 용서하지 않은 것 같았다.

"고마워, 형!"

자크는 기다렸다는 듯 바구니 앞에 가서 섰다.

"형, 다녀올게."

"그래! 그런데 작별 인사는 내가 해야겠다. 내가 떠날 거니까."

"형이?"

도니판과 서비스가 눈을 동그랗게 뜨고 브리앙을 쳐다보았다.

"내가 갈 거야. 자크의 죗값을 자크가 치르든, 형인 내가 치르든 상관없잖아. 그리고 연을 띄우자는 생각은 내가 한 건데, 다른 사람에게 위험한 일을 하게 하는 건 옳지 않아."

브리앙이 확고한 목소리로 말했다.

"형, 부탁이야. 내가 가야 해."

"아냐, 자크!"

그때 도니판이 나섰다.

"그럼, 내가 갈게."

"아냐, 도니판! 내가 가야 해. 꼭 그러고 싶어."

브리앙은 말릴 수 없을 만큼 단호하게 말했다.

"나도 네 마음은 짐작하고 있었어. 그렇다면 브리앙, 네가 타는 게 좋겠다."

고든이 브리앙의 손을 잡았다.

브리앙은 고든, 도니판과 악수를 하고 바구니 속으로 들어갔다. 그러자 소년들은 실험할 때처럼 각자의 위치로 흩어졌다. 브리앙이 연을 띄우라는 신호를 보냈다.

연은 바람에 실려 하늘로 떠올랐다. 그에 맞추어 백스터, 윌콕스, 크로스는 연줄을 풀었다. 가넷은 신호용 줄을 풀어 올렸다. 연은 10초 만에 높이 날아올라 어둠 속으로 사라졌다.

브리앙은 아찔한 기분에 입술을 깨물었다. 이미 각오한 위험이었다. 연은 일정한 속도로 올라갔다. 바람이 한결같이 불고 있어 더할 나위 없이 안정감이 있었다. 좌우로 흔들리지도 않고, 위험을 느낄 만한 떨림도 없었다.

운동장을 떠난 지 10분쯤 지났을까? 끼익, 하고 바구니가 흔들렸다. 연줄이 다 풀린 모양이었다.

사방은 칠흑같이 깜깜했다.

브리앙은 망원경으로 어둠 속을 살폈다. 동쪽을 살필 때였다.

"불빛이다!"

저 멀리 하늘 끝에 한 점 붉은빛이 보였다. 그것은 구름에 비친 불빛이 틀림없었다. 윌스턴 일당이 야영하는 불빛은 아니었다. 섬 바깥 먼 곳에서 일어나는 화산 불빛 같았다.

실망의 만 해변과 가족 호수 사이의 숲을 살펴보던 브리앙이 소리쳤다.

"저기다!"

틀림없는 불빛이었다. 윌스턴 일당이 야영하며 피우는 모닥불 빛이 분명했다.

브리앙은 떨리는 손으로 급히 신호용 고리를 내려보냈다. 하늘

에 오른 지 20분이 지난 때였다.

초조하게 브리앙의 신호만 기다리고 있던 소년들은 급히 연줄을 감기 시작했다.

"갑자기 바람이 불고 있어!"

연줄을 잡고 있던 도니판이 외쳤다. 연을 흔드는 바람의 느낌이 줄을 통해 전해졌던 것이다. 고든도 얼른 연줄을 잡아 보았다. 분명 줄이 흔들리고 있었다.

"큰일났다! 브리앙이 위험해!"

두려움에 떨고 있을 브리앙이 걱정되었다.

소년들은 일정한 속도로 침착하게 연줄을 감았다. 바람은 빠르게 거세어지고 있었다. 브리앙이 신호를 보낸 지 45분쯤 지났을 때는 바람이 무섭게 불었다.

"모두들 힘을 내!"

고든이 소리쳤다.

그때였다. 연줄을 당기고 있던 백스터, 윌콕스, 서비스와 웹이 땅바닥에 나뒹굴었다.

"연줄이 끊어졌다!"

누군가가 비명을 지르듯 외쳤다.

"브리앙!"

브리앙은 연에 실린 채 날아가고 있었다.

소년들은 브리앙을 부르며 바람의 방향을 따라 달렸다. 줄이 끊어진 연은 흔들흔들 바람을 따라 날았다. 연이 호수 위를 지나갈 때였다. 브리앙은 바구니에서 훌쩍 뛰어내렸다.

"브리앙이 호수로 뛰어내렸어!"

누군가 소리쳤다.

브리앙은 기슭을 향해 힘차게 헤엄을 쳤다. 그리고 호수 기슭까지 150미터나 되는 거리를 헤엄쳐 나왔다.

"브리앙, 괜찮아?"

"다치지는 않았어?"

"괜찮아, 형?"

호수로 뛰어온 아이들이 누가 먼저랄 것도 없이 물어 댔다. 브리앙은 걱정하는 아이들을 안심시켰다.

"괜찮아. 월스턴 일당이 이 섬에 있는 게 틀림없어."

"뭐 본 거 있니?"

고든이 심각한 얼굴로 물었다.

"불빛을 보았어. 틀림없이 그들의 불빛이야."

브리앙이 젖은 옷을 털며 숨을 몰아쉬었다.

안녕, 체어먼섬

모코는 밤새도록 프랑스 동굴을 지켰다. 언제 월스틴 일당이 쳐들어올지 모르기 때문이었다.

"그들이 이 섬에 온 지 2주도 더 지났는데, 왜 떠나지 않을까?"

서비스가 한숨을 쉬었다.

"어제 연을 타고 올라갔을 때 동쪽 바다 먼 곳에서 비치는 불빛을 봤어. 아무래도 화산이 폭발하는 것 같았어."

브리앙이 뭔가를 알아차린 듯 말했다.

"그렇다면 동쪽 해안선 너머에 육지가 있다는 말이니?"

도니판이 눈을 반짝이며 물었다.

"그래, 바로 그거야. 그 육지를 월스틴 일당이 모를 리 없어. 그런데도 그들이 이 섬을 떠나지 못하는 건 분명 보트에 문제가 있기 때문일 거야."

브리앙의 추리는 거의 맞았다.

11월 11일 오후 두 시쯤이었다. 도니판과 모코가 뉴질랜드강에서 낚시를 하고 있을 때였다. 나무숲에서 날카로운 울음소리를 내며 한 떼의 새들이 날아올랐다. 까마귀처럼 탐욕스러워 보이는 새들이었다.

"이상해! 저쪽에 뭔가가 있는 것 같아."

"가 보자!"

모코와 도니판은 총을 들고 새들이 떼지어 날아오른 숲으로 숨어들었다. 숲속에서 또 한 떼의 새들이 울며 날아올랐다.

"저기다!"

풀숲에 새끼 과나코의 시체가 있었다.

새들은 거기에서 날아올랐다. 과나코는 죽은 지 얼마 안 된 것 같았다. 모코가 옆구리의 상처에서 총알을 꺼냈다.

"총을 맞고 죽은 게 분명해!"

"그렇다면 월스턴 일당이 여기까지 왔다는 얘기야!"

도니판과 모코는 급히 동굴로 돌아왔다. 그런 뒤, 동굴에 있는 소년들에게 과나코 이야기를 하며 피 묻은 총알을 보였다.

"더욱 철저하게 경계해야겠어."

브리앙의 말에 모두들 겁먹은 표정을 지었다.

그 일이 있고 3일 뒤였다. 소년들이 뉴질랜드강 건너편을 정찰하러 가던 중이었다.

썰물로 물이 빠져나간 강바닥을 걷던 고든이 발밑에 밟히는 것을 주워 들었다.

"이것 좀 봐! 담배 파이프야!"

고든이 들어 올린 건 거무스레한 담배 파이프였다. 손잡이 아래쪽 끝이 부러져 있었다.

"보두앵이 쓰던 것 아닐까?"

브리앙이 고든 쪽으로 다가갔다.

"천만에! 죽은 지 20년이나 되는 보두앵 것은 아니야. 누군가 최근에 떨어뜨린 것 같아. 담배 찌꺼기까지 붙어 있는걸."

고든이 브리앙에게 파이프를 내밀었다.

"그렇다면 월스턴 일당의 것이겠네. 위험이 눈앞에 다가오고 말았어."

모두들 급히 보트를 타고 동굴로 돌아왔다.

파이프를 본 케이트 아주머니의 얼굴빛이 파랗게 질렸다.

"이건 월스턴의 파이프야. 그놈이 이걸 들고 담배 피우는 걸 여러 번 봤어."

케이트 아주머니의 말에 모두들 긴장했다.

이제 악당들과 싸울 각오를 해야 했다. 브리앙은 겁에 질린 소년들을 보며 무겁게 입을 열었다.

"우리는 매우 위험한 처지에 놓여 있다. 그러니 허락 없이 외출하지 말기 바란다. 무기는 언제나 곁에 두고 있을 것, 밤마다 두 사람씩 보초를 설 것, 출입문의 자물쇠는 꼭 잠글 것, 이 네 가지를 지켜 주기 바란다."

그러나 무엇보다 월스턴 일당의 기습 공격이 두려웠다.

온 힘을 다해 맞서겠지만, 소년들의 나이는 아직 그들과 싸우기에는 너무 어렸다.

11월 27일 밤, 거대한 먹구름이 섬을 짓누르며 지나갔다. 먼 데서 쿵쿵 천둥소리가 끊임없이 울려 왔다. 뭔가 심상치 않은 일이 일어날 것을 예고하는 것 같았다.

아홉 시 반쯤 되었을까. 번개가 치고, 번갯불이 동굴 벽의 구멍으로 달려들었다. 천둥소리는 쉬지 않고 울려 댔다. 오클랜드 언덕의 암벽도 천지를 뒤흔드는 요동에 떨고 있었다.

"무서워! 무서워!"

어린 꼬마들은 침대 속에 웅크리고 숨었다.

자정이 조금 지나자 바람이 잠잠해지고 천둥소리도 뜸해졌다. 그러더니 이윽고 비가 무섭게 쏟아졌다. 천둥과 번개가 멎자, 그제야 모두들 마음을 놓았다. 이젠 자야 했다.

"이제 다들 잠자리에 들자. 푹 자야 다시 내일을 시작하지."

브리앙의 말에 따라 소년들이 문단속을 한 뒤 침대 속으로 막 들어갈 때였다.

팬이 안절부절못하고 끙끙댔다.

"무슨 낌새라도 있을까?"

도니판이 팬을 진정시키려 애썼다.

"왜 저러는지 알아봐야겠어."

고든이 팬 쪽으로 눈을 돌렸다.

"하지만 밖에 나가선 안 돼. 위험해."

브리앙이 당부했다.

모두들 소총과 권총을 들었다. 도니판은 홀 문 쪽으로, 모코는 저장실 문 쪽으로 갔다.

도니판과 모코가 문에 귀를 댔다. 아무 소리도 들리지 않았다. 그런데도 팬은 계속 안절부절못했다.

그때 난데없이 총소리가 들렸다. 프랑스 동굴 200미터쯤 떨어

진 곳에서 들리는 소리였다. 누구라도 금방 문을 밀치고 들어올 것만 같았다.

"문 좀 열어 줘요! 문 좀 열어 줘요!"

밖에서 다급한 목소리가 들려왔다. 그 소리를 들은 케이트 아주머니가 깜짝 놀랐다.

"앗, 그 사람이다!"

"그 사람이라니요?"

"어서 문을 열어 줘요. 안심해도 좋을 사람이에요."

브리앙은 자물쇠를 벗기고 살그머니 문을 열었다.

한 사나이가 뛰어 들어왔다. 물에 흠뻑 젖은 생쥐 꼴이었다. 그는 시번 호의 갑판장 에번스였다.

에번스는 서른 살쯤 되어 보였다. 어깨가 넓고, 가슴이 떡 벌어졌으며, 눈빛이 번득였다. 면도를 못 해서인지 수염이 텁수룩했다. 그러나 믿음직스럽고 호감을 주는 인상이었다.

에번스는 들어서자마자 문에 귀를 대고 바깥의 형편을 살폈다. 한참 그러다가 홀 가운데로 들어왔다.

그는 주변을 두리번거리더니 두 팔을 벌렸다.

"케이트! 당신이 살아 있다니!"

에번스는 소리치며 케이트 아주머니에게 다가갔다.

"에번스 씨, 하느님이 당신을 살렸듯이 저도 살려 주셨어요. 오, 하느님, 감사합니다."

두 사람은 손을 꼭 잡았다. 케이트 아주머니는 에번스에게 속삭였다.

"이 소년들을 구하라고 하느님이 당신을 보내셨군요. 이제 우리는 살았어요."

에번스는 모여 있는 소년들을 헤아려 보았다.

"열다섯 명이라……. 이중에 싸울 수 있을 만한 아이는 대여섯 명밖에 안 되는군. 하는 수 없지."

"보통 아이들이 아니에요. 당신 힘을 합하면 그까짓 악당들한테 당하지는 않을 거예요."

케이트 아주머니가 자신 있게 말했다.

소년들은 케이트 아주머니와 에번스가 아는 사이라는 사실만으로도 에번스를 믿었다.

브리앙은 에번스를 큰 홀로 데려가 마른 옷을 꺼내 주었다.

옷을 입고 나온 에번스에게 고든이 물었다.

"그런데 아저씨는 어떻게 여기까지 오게 됐어요?"

에번스가 천천히 입을 열었다.

"윌스틴 일당에게 끌려갔다가 감시가 소홀한 틈을 타서 도망쳤

단다. 처음엔 부서진 보트를 고쳐 섬을 탈출하려고 했는데, 수리 도구가 없어서 포기했지. 그래서 윌스턴 일당과 반대쪽으로 내려왔는데, 개 짖는 소리를 듣고 이 동굴을 발견한 거야. 보트를 수리할 수만 있다면……."

"우리에게 수리 도구가 있어요."

도니판의 말에 에번스는 기쁜 표정으로 말했다.

"그거 잘됐군. 나중에 필요할 테니까."

"어쨌든 악당들과 싸울 준비를 해야 해요."

브리앙이 근심스러운 얼굴로 말했다.

이 위기를 벗어나려면 그들과 싸워 이기는 수밖에 달리 방법이 없었다. 다행히 에번스를 만났으니 두렵기만 하지는 않았다. 악당은 곧 들이닥칠 게 뻔했다.

이튿날 밤이었다. 윌스턴 악당 둘이 프랑스 동굴을 습격해 왔다가 한 명이 사로잡혔다. 성격이 괄괄해 보이면서도 어딘가 부드러운 인상을 풍기는 포브스였다.

"이제 악당들과 맞서 싸운대도 지지 않을 거다."

브리앙은 점점 싸움에 자신이 생겼다.

포브스가 잡혔으니 윌스턴 일당은 이제 여섯 명밖에 안 되었다. 반면에 프랑스 동굴의 소년들은 케이트 아주머니와 에번스까지 열일곱 명이나 되었다. 직접 싸울 수 있는 사람만 봐도 적은 수는 아니었다.

에번스는 위험을 무릅쓰고라도 윌스턴 일당이 있는 곳을 찾아내 싸우고 싶었다. 그래서 윌스턴 일당이 있을 만한 함정 숲으로 정찰을 나갔다.

"두려워하지 말고 나를 따라와."

브리앙과 도니판, 고든 등 여덟 명의 소년이 에번스를 따라 나섰다. 모두 소총과 권총으로 무장했고, 탄약도 넉넉히 준비했다. 에번스가 알고 있는 바로는 윌스턴에게는 총알이 몇 발밖에 남아 있지 않았다.

오후 두 시쯤, 소년들과 에번스는 오클랜드 언덕 기슭을 따라 조심조심 나아갔다. 에번스가 앞장섰다. 보두앵이 묻혀 있는 작은 무덤을 지날 때였다. 팬이 무슨 냄새를 맡았는지 코를 땅에 박고 뭔가를 찾았다.

함정 숲이 시작되는 지점에 이르렀다. 사람이 머물다 간 흔적이 있었다. 타고 남은 재였다.

"에번스, 아직 온기가 남아 있어요. 윌스턴이 여기서 지난밤을 보낸 게 틀림없어요."

"어쩌면 숨어 있을지도 모르겠다, 이 주위에."

에번스의 말이 떨어지기가 무섭게 오른쪽에서 총소리가 났다. 총알이 브리앙의 머리 위를 스치고 지나갔다.

또 다른 총소리와 함께 뒤이어 비명 소리가 들렸다. 그림자 하나가 나무 밑으로 쓰러지는 게 보였다. 앞서가던 도니판이 반사적으로 쏜 총에 맞은 모양이었다.

"도니판을 혼자 가게 할 순 없어. 가자!"

에번스의 말에 소년들은 달려갔다. 총에 맞은 그림자가 죽어 있었다.

"파이크로군! 적이 또 한 명 줄었어!"

에번스가 다가와 확인했다.

"다른 악당들도 주변에 있을 거야! 조심해!"

백스터가 사방을 살폈다.

그 순간 왼쪽에서 세 번째 총소리가 들리더니, 서비스의 이마 위로 총알이 스치고 지나갔다.

"다치지 않았니?"

고든이 서비스에게 물었다.

"괜찮아. 조금 긁혔을 뿐이야."

상황이 매우 위험해졌다. 파이크는 죽었지만, 아직도 월스턴과 네 명의 악당이 남아 있었다. 그들은 숲속에 숨어 소년들을 노리

고 있을 게 뻔했다.

에번스와 소년들은 풀숲에 엎드려 몸을 숨겼다.

"브리앙은 대체 어디 있는 거지?"

갑자기 가넷이 소리쳤다.

"진짜 브리앙이 안 보여!"

윌콕스가 고개를 들고 두리번거렸다. 그러나 브리앙은 보이지 않았다. 팬은 점점 더 사납게 짖어 댔다. 아마도 브리앙이 악당들과 싸우고 있는 것 같았다.

"브리앙! 브리앙!"

도니판이 벌떡 일어나 팬이 짖어 대는 쪽을 향해 달렸다.

"위험해! 도니판, 허리를 숙여!"

에번스가 몸을 일으키는 순간, 총알이 에번스의 머리 위로 지나갔다.

"로크다!"

에번스의 눈에 숲을 가로질러 도망치는 로크가 보였다. 로크는 지난번에 포브스와 함께 동굴까지 온 악당이었다.

로크는 에번스의 총을 피해 금방 어딘가로 사라졌다.

"브리앙! 힘내!"

뒤이어 도니판이 외치는 소리가 들려왔다.

20미터 남짓 떨어진 곳에서 브리앙이 악당 코프와 싸우고 있었다. 코프가 단검을 들고 브리앙을 막 찌르려는 순간이었다. 도니판이 몸을 날려 코프를 덮쳤다.

"으윽!"

비명을 지르며 쓰러진 건 도니판이었다. 브리앙에게 날아가던 단검이 도니판의 가슴을 찔렀던 것이다.

"쏴라! 코프란 놈이다!"

에번스와 가넷이 총을 쏘았지만, 코프는 달아나고 말았다.

"나 때문에 네가 다쳤구나! 이걸 어쩌지?"

브리앙이 도니판을 껴안았다.

"프랑스 동굴로 데려가자! 거기 가야 치료할 수 있어."

고든의 말에 따라 브리앙이 도니판을 들쳐 업고 동굴로 향했다. 부상당한 도니판을 두고 계속 싸울 수는 없었다.

프랑스 동굴이 저만치 눈에 들어왔을 때였다. 갑자기 뉴질랜드 강가에서 비명 소리가 들려왔다.

팬이 그쪽으로 달려갔다. 월스턴과 그의 일당이 프랑스 동굴을 공격한 것 같았다.

"당했다!"

에번스가 한숨을 쉬며 재빨리 소리쳤다.

"크로스, 웹, 가넷은 도니판을 지키고, 브리앙, 서비스, 윌콕스는 동굴로 가자!"

그건 몇 분 사이였다. 지름길을 통해 프랑스 동굴 앞 운동장에 다다랐을 때였다.

"야비한 놈들!"

에번스가 화가 나서 소리쳤다.

윌스턴이 자크를 움켜잡고 동굴 문을 나와 강 쪽으로 향하고 있었다. 케이트 아주머니가 달려들어 자크를 구하려 했지만 허사였다. 곧이어 악당 브란트가 이번엔 어린 코스타를 붙들고 강 쪽으로 갔다. 예상대로 동굴이 습격당한 게 분명했다.

"틀림없이 강에 보트를 대 놓았을 거야."

에번스가 윌스턴을 노려보며 말했다.

"총을 쏘려 해도 자크와 코스타 때문에……."

총을 겨누던 서비스가 입술을 깨물었다.

그때 팬이 용감하게 브란트에게 달려들었다. 브란트가 개와 싸우는 동안, 끌려가던 코스타가 재빨리 달아났다. 윌스턴은 자크를 잡고 서둘러 보트 쪽으로 갔다.

바로 그때였다. 잡혀 있던 포브스가 프랑스 동굴에서 나왔다.

"포브스, 이리 와! 날 좀 도와줘!"

윌스턴이 포브스를 보자 소리쳤다.

"기다려!"

그런데 달려간 포브스가 뜻밖에도 윌스턴을 덮쳤다. 그러나 윌스턴은 포브스의 공격을 피해 단검으로 포브스를 찔렀다. 포브스는 윌스턴의 발 앞에 쓰러졌다. 순식간의 일이었다.

윌스턴은 자크를 다시 붙들어 보트로 데려가려 했다. 그 순간, 권총을 가지고 있던 자크가 윌스턴을 향해 방아쇠를 당겼다.

보트에서 기다리고 있던 브란트가 거꾸러진 윌스턴을 태웠다. 그러고는 급히 노를 저어 달아나려 했다.

그때, 무시무시한 대포 소리가 울렸다. 포탄은 윌스턴 일당이 타고 가는 배 옆에 떨어졌다. 모코가 달려가 대포를 쏜 것이었다. 대포는 물결을 일으키며 보트를 뒤집어엎었다. 보트와 함께 악당들은 모두 물에 빠져 죽었다.

"만세! 만세!"

"살았다! 이제 우리 모두 살았다!"

소년들은 서로 얼싸안고 만세를 불렀다.

케이트 아주머니의 정성스러운 간호로 도니판의 상처는 나날이 좋아졌다. 그러나 자크를 살리려고 윌스턴에게 덤볐던 포브스는 끝내 숨을 거두고 말았다.

다음 날, 포브스는 보두앵 곁에 묻혔다.

"고국으로 돌아가려면 시번 호의 보트를 수리해야 해."

에번스는 갑판장인 데다가 2등 항해사이기도 해 집으로 돌아가는 일은 걱정이 없었다.

에번스와 브리앙, 백스터는 호수와 동강을 통해 곰바위로 갔다. 그들은 거기에서 보트를 찾아 말끔히 고쳤다. 보트는 길이 9미터, 폭 1.8미터밖에 안 되는 작은 배였지만, 소년들과 케이트 아주머니 그리고 에번스까지 탄다고 해도 별 문제가 없을 것 같았다.

"출발 날짜는 2월 5일이다."

브리앙은 체어먼섬을 떠나 고향으로 돌아갈 날을 발표했다.

모두들 정든 섬을 떠난다고 생각하니 섭섭했다. 이제 도니판의 몸도 많이 좋아졌다.

소년들은 탄약과 소총, 식량과 옷, 부엌에서 쓰는 중요한 도구들을 모두 보트에 실었다.

"이제 너희도 자유다!"

떠나기 전날, 고든은 그동안 기르던 과나코와 다른 짐승들을 풀어 주었다.

드디어 2월 5일 아침, 앞 돛과 중간 돛, 뒤쪽 돛을 올리고 소년들을 실은 배가 출발했다.

"안녕! 체어먼섬아, 안녕!"

"잘 있어라, 체어먼섬!"

뉴질랜드강을 유유히 나와 오클랜드 언덕 쪽을 바라보며 소년들은 만세를 불렀다. 그리고는 서로 얼싸안고 눈물을 흘렸다.

슬루기만을 나온 배는 이내 먼 바다로 들어섰다. 체어먼섬이 시야에서 점점 사라졌다.

여덟 시간 후, 배는 케임브리지섬의 모래사장으로 둘러싸인 해협에 들어섰다. 남곶을 돈 뒤 아델라이데섬의 해안선을 따라 앞으로 나아갔다. 계속 순풍을 받으면서 가다가, 소년들은 커다란 상선인 그래프턴 호에 옮겨 탔다.

그래프턴 호는 계속 항해하여 드디어 2월 25일, 그리고 그리던 오클랜드항에 도착했다.

표류한 지 꼭 2년 만이었다. 🌼

● 이해 능력 Level Up!

1. 가장 나이 많고 침착한 소년은 누구인가요?

    1) 브리앙   2) 도니판   3) 고든

    4) 자크   5) 크로스

2. 자크에 대한 설명으로 옳은 것을 고르세요.

    1) 브리앙의 동생   2) 도니판 패   3) 갑판원

    4) 선장의 아들   5) 유일한 소녀

3. 다음 대화를 읽고 도니판이 어떤 소년인지 골라 보세요.

> "알아야겠어. 뭘 하려는 건지."
> 모코의 말에 대뜸 도니판이 목소리를 높였다.
> "너희가 애써 끌어올린 보트를 타고 건너가겠다, 이거야. 이제 됐어?"
> "그건 안 돼. 절대로! 왜냐하면 이 보트는 너희만의 것이 아니니까. 너희만 보트를 타고 건너면 나머지 애들은 어떡하라는 거니?"

    1) 인내심이 많다.

    2) 남을 배려하는 성격이다.

3) 자기만 아는 성격이다.

4) 동생들을 아낀다.

5) 소년들의 사랑을 받는다.

4. 브리앙과 도니판이 갈등한 이유는 무엇인가요?

1) 질투심이 많고 지는 것을 싫어하는 도니판의 성격 때문이다.

2) 독선적인 브리앙의 성격 때문이다.

3) 고든이 브리앙과 도니판 사이를 이간질시켰기 때문이다.

4) 브리앙의 동생 자크를 도니판이 괴롭혔기 때문이다.

5) 브리앙의 실수로 인해 표류가 시작되었기 때문이다.

5. 다음 글을 읽고 브리앙의 성격이 어떤지 골라 보세요.

> "이해할 수 없어. 절대로 너희 행동을 이해할 수 없어!"
> 브리앙의 목소리는 단호했다. 그 바람에 도니판 패들이 멈칫 물러섰다.
> "보트에 타더라도 어린 동생들을 먼저 태워야 해! 이건 옳지 않아. 이기적이라고!"
> 브리앙이 끌어올린 보트를 가로막았다.

1) 자기 마음대로 행동한다.

2) 자신보다 약한 사람을 돌볼 줄 안다.

3) 명령하는 것을 좋아한다.

4) 나서기를 좋아한다.

5) 자신보다 잘난 사람을 싫어한다.

6. 동굴 안에서 발견한 것이 아닌 것을 고르세요.

   1) 만년필   2) 시계   3) 잉크병
   4) 주전자   5) 침대

7. 보두앵은 짐승을 잡기 위해 왜 함정을 사용했을까요?

   1) 힘이 없어서
   2) 총이 없어서
   3) 동물을 사로잡으려고
   4) 죽이고 싶지 않아서
   5) 짐승들이 무서워서

8. 다음 밑줄 친 대목에서 엿볼 수 있는 것은 무엇인가요?

브리앙과 고든은 학생들을 1학년에서 5
학년으로 나누고, 시간표도 만들었다. 그
리고 체어먼 학교 학생이 아닌 모코는 2학
년에 입학시키기로 했다.
열네 명 모두 모코의 입학을 찬성했다.

   1) 개인의 의견을 존중한다.
   2) 소년들은 다수결의 방법에 대해 모른다.
   3) 공부하는 것을 좋아하지 않는다.
   4) 흑인을 싫어한다.
   5) 놀기만 좋아한다.

9. 섬 이름을 '체어먼섬'이라고 지은 소년은 누구인가요?

    1) 코스타   2) 월콕스   3) 고든

    4) 자크   5) 서비스

10. 겨울을 잘 보내기 위해 일요일에 주로 한 일이 아닌 것은?

    1) 달리기 시합하기

    2) 가족 호수에 소풍 가기

    3) 씨름하기

    4) 아코디언 연주하기

    5) 합창하기

11. 소년들은 부족한 설탕을 무슨 나무에서 얻었나요?

    1) 은행나무   2) 사탕수수   3) 단풍나무

    4) 느티나무   5) 산딸기 나무

12. 다음 글에 나타난 고든의 성격은 어떤가요?

    도울의 연락을 받고 달려온 고든이 중간에 끼어들었다.

    "그만! 싸움을 멈춰!"

    그 바람에 도니판과 브리앙이 한 걸음씩 뒤로 물러섰다.

"도니판! 너무 주먹을 믿지 마. 싸움을 거는 건 옳지 않아!"

고든이 촌장답게 엄하게 말했다.

1) 옳지 않은 일을 보면 참지 못한다.

2) 잘난 척하기 좋아한다.

3) 모든 일에 너그럽다.

4) 패배를 인정하려 하지 않는다.

5) 비겁한 성격이다.

13. 다음은 연을 탈 사람을 정할 때 일어난 일입니다. 자크가 밑줄
친 것과 같이 말한 이유는 무엇인가요?

> 고든이 뭔가 이상하다는 듯 고개를 갸웃했다.
> "내가 타야 해! 형, 제발, 제발!"
> 자크의 목소리가 떨리고 있었다.
> "대답해 봐, 브리앙. 자크가 왜 이러는 거야? 무슨 이유라도 있는 거야?"

1) 심심해서

2) 겨울철 놀이를 즐기려고

3) 용감한 척하기 위해서

4) 그렇게 하지 않으면 형에게 혼나서

5) 배를 표류하게 만든 잘못을 속죄하기 위해서

14. 도니판과 브리앙이 화해하게 된 까닭은 무엇인가요?

1) 월스턴 일당이 총을 쏘았기 때문에

2) 재규어의 공격을 받은 도니판을 브리앙이 구해 주어서

3) 섬에 식량이 떨어졌기 때문에

4) 재규어를 사로잡은 일 때문에

● 논리 능력 Level Up!

1. 브리앙이 다음과 같이 행동한 이유는 무엇인가요?

> 브리앙은 허리춤에서 칼을 뽑아 모코가 잡고 있던 돛 조각들을 단숨에 베어 냈다.

2. 호숫가 늙은 느티나무에 새겨진 'FB 1807'은 무슨 뜻인가요?

3. 보두앵의 지도에서 알아낸 가장 중요한 정보는 무엇인가요?

4. 윌콕스는 함정에서 어떻게 타조를 사로잡았나요?

5. 브리앙이 제2대 촌장에 뽑혔을 때 다음과 같이 행동한 이유는 무엇일까요?

    브리앙은 뜻밖의 일에 당황하여 정중하게 사양하려고 했다. 그러나 무슨 생각이 났는지, 자신의 동생 자크를 물끄러미 바라보더니 일어섰다.
"고마워, 친구들. 노력해 볼게."

6. 소년들은 부족한 기름을 어디에서 얻었나요?

7. 숲속에서 자크가 형 브리앙에게 고백한 내용은 무엇이었을까요?

8. 다음은 정신을 잃은 채 발견된 케이트 아주머니와 고든의 대화입니다. 밑줄 친 것이 가리키는 것은 무엇인가요?

"케이트 아주머니, <u>그런 중요한 사실</u>을 알려 주셔서 정말 고마워요."

고든이 인사를 하자, 케이트 아주머니가 오히려 고마워했다.

"아니, 너희 덕분에 내가 이렇게 살았잖아. 이 은혜를 잊지 않을게."

9. 두 번째로 연을 만든 까닭은 무엇인가요?

10. 도니판이 자크의 잘못을 용서해 준 까닭은 무엇인가요?

● 논술 능력 Level Up!

1. 이 책 「15 소년 표류기」는 체어먼 초등학교에 다니는 열네 명의
   소년과 견습 갑판원이 여행을 떠나기 전날 밤, 슬루기 호를 묶어
   두었던 로프가 풀리는 바람에 엉뚱한 곳에 표류하게 된 이야기
   다. 그들은 여행을 떠나기 전 어떤 생각을 갖고 있나요?

2. 아이들은 체어먼섬의 규칙을 다음과 같이 만들었습니다. 이 규칙
   이 뜻하는 것이 무엇인지 생각해 봅시다.

> 두려운 일이라고 피하지 마라.
> 노력할 기회를 놓치지 마라.
> 하찮은 일이란 없다. 최선을 다해라.

3. 다음 글에서 알 수 있는 생각이 바람직한지 아니면 바람직하지
   않은지 써 보세요. 또 그렇게 생각하는 이유도 써 보세요.

> ● 모코는 흑인이라 선거를 못 하게 되어서 미안해.
> ● 미국인인 고든이 촌장을 했는데, 이제 또 프랑스인의 지시를 받다
>   니……. 이러다간 흑인인 모코의 지시를 받게 될지도 모르잖아.”

---

4. 체어먼섬에 숨어든 악당 일당은 열다섯 명의 소년들이 머물고 있
   는 프랑스 동굴을 공격해 왔습니다. 하지만 소년들과 악당들에게
   쫓기던 사람들이 함께 기지를 발휘하여 그들을 차례차례 물리칩
   니다. 여기서 우리가 얻을 수 있는 교훈은 무엇인가요?

5. 다음은 브리앙과 앙숙이던 도니판이 브리앙의 도움을 받은 뒤 나
눈 말입니다. 이런 경우에 어울리는 한자 성어는 무엇인지 생각
해 보고, 이와 같은 일을 경험한 적이 있는지 써 보세요.

도니판은 고마운 마음에 브리앙의 손
을 두 손으로 덥석 잡았다.
"정말 미안해. 너를 볼 낯이 없다. 너
는 내 생명을 구했고, 우리 네 사람을
위해 위험을 무릅쓰고 여기까지 와 주
었어. 이제부턴 너를 미워하거나 질투
하지 않을게."
"도니판, 고맙다."
브리앙도 눈물을 글썽였다.

 풀이

이해 능력 Level Up!

1. 3)　　　2. 1)　　　3. 3)　　　4. 1)　　　5. 2)

6. 1)　　　7. 2)　　　8. 1)　　　9. 1)　　　10. 3)

11. 3)　　　12. 1)　　　13. 5)　　　14. 2)

논리 능력 Level Up!

1. 침몰하려는 배의 균형을 잡기 위해

2. 'FB'는 프랑수아 보두앵의 머리글자이며, '1807'은 보두앵이 표류한
   해다.

3. 소년들이 상륙한 곳이 섬이라는 것

4. 겉옷을 벗어 타조의 머리에 뒤집어씌웠다.

5. 잘못을 저지른 동생 자크 대신 속죄하기 위해 열심히 일하겠다는
   생각을 했기 때문에

6. 바다표범

7. 오클랜드항에서 슬루기 호를 매어 두었던 로프를 자신이 풀었다는
   내용

8. 체어먼섬에 악당들이 표류해 왔다는 사실

9. 윌스턴 일당의 위치를 알아내기 위해

10. 여러 차례 목숨을 걸고 어려운 일을 해냈기 때문에

논술 능력 Level Up!

1. 여름 방학을 맞아 뉴질랜드 해안을 한 바퀴 돌아보기로 한 체어먼 초등학교 학생들은 이번 여행을 통해 탐험가가 되겠다는 꿈을 갖기도 하고, 바다를 두려워하지 않는 사나이가 되겠다는 결심을 하기도 했으며, 친구를 아끼고 이해하는 사람, 그리고 여행에서 얻은 지혜로 훌륭한 정치가가 되겠다는 등의 꿈을 안고 슬루기 호에 올랐다. 그런데 뜻하지 않은 사고가 일어나 엄청난 고생을 하게 되었다. 하지만 그들은 위험한 순간들을 잘 극복해 냈다.

2. 예시 : 섬에 표류해 왔으니 너무 막막해서 용기를 잃을 수도 있다. 그러므로 어려운 일에 당당하게 맞서는 용기가 필요하고 앞에 닥친 일을 해결해 나가고자 하는 의지력을 키우자는 뜻인 것 같다.

3. 예시 : 민족과 인종을 차별하는 마음이 들어 있는 글이다. 예전에는 흑인들을 물건처럼 사고팔기도 하고 인간 대우를 해 주지 않았다. 이것은 바람직하지 못한 행동이다. 이 세상 사람은 누구나 평등하며 한 사람 한 사람이 소중한 존재다. 다른 누구도 대신할 수 없는 하나뿐인 존재이기 때문이다. 그리고 각 민족마다 장점과 단점이 있기 마련인데, 단점만 들추어 내어 편견을 갖는 것은 옳지

못하다. 누구에게든 배울 점을 찾고 긍정적으로 바라보는 눈이 필요하다.

4. 체어먼섬에 숨어든 악당들의 행방을 찾기 위해 소년들은 커다란 연을 만들어 바구니를 달고 그 속에 사람을 태워 띄운다. 이런 위험천만한 일을 성공적으로 해냈지만, 악당들의 공격을 피할 수는 없었다. 총격전이 벌어지고 인질로 잡히기도 했지만, 소년들은 결국 악당들을 물리치는 데 성공했다. 더욱이 악당을 따르던 사람이 마음을 바꿔 도와준 것을 보면 악한 사람들이 아무리 강한 무기를 가지고 있다 해도 착한 사람을 이길 수 없다는 것을 알 수 있다. 악한 끝은 없어도 착한 끝은 있다는 말이 생각난다.

5. 예시 : 나쁜 일이 오히려 좋은 상황을 불러왔으니 '전화위복'이라는 말이 어울릴 것 같다. 나도 언젠가 내 짝과 다툰 적이 있었다. 우리 둘은 그 뒤로 말도 하지 않고 지냈는데, 내가 선생님에게 크게 혼나는 모습을 본 짝이 나를 위로해 준 것을 계기로 아주 친해졌다. 앙숙이던 브리앙과 도니판이 재규어의 공격을 받은 뒤 서로를 도와주고 격려해 주는 친구가 된 것처럼 말이다.

초등학생이 꼭 읽어야 할 세계 명작 시리즈